KB196240

물소리를 찾다

시아현대시선 **015**

물소리를 찾다

구재기 시집

인쇄일 | 2024년 09월 20일
발행일 | 2024년 09월 25일

지은이 | 구재기
펴낸이 | 김영빈
펴낸곳 | 도서출판 시아북(詩芽Book)

출판등록 | 2018년 3월 30일
주소 | 대전광역시 동구 선화로214번길 21(3F)
전화 | (042) 254-9966, 226-9966
팩스 | (042) 221-3545
E-mail | siabook@daum.net

값 12,000원

ISBN 979-11-988695-5-5(03810)

물소리를 찾다

구재기 시집

시아북
詩芽BOOK

한 권의
시집 안에
시를 모아들인다

그리고
오늘 다시
오늘의 걸음으로
오늘만큼 걷는다
내일 역시
내일의 걸음으로
내일만큼 걷겠다

그러나
돌아보지
않고, 걸어야 할
앞은 보이지 않는다

2024. 09.

산애재蒜艾齋에서
구재기丘在期

2부
사과 한 알

3부
간이역이 있던 자리

5부
물소리를 찾다

1부

묵향墨香처럼

묵향墨香처럼

아무 것도
원하지 않은 채로
무엇인가 자꾸만
찾아나서는 길

무엇이 되기를
바라지 않으면서도
애써 해야 할 일을
자꾸만 만들어가면서

묵향처럼
천연물감처럼

대숲에 바람 일 듯
솔숲 솔잎 지는 듯
그냥 지금 여기에서
물낯에 번지는 얼굴들

묵향 가득하도록
오늘도 내일도

어제처럼 만나는 길
전혀 보일 듯 보이지 않네

저만큼 하늘빛이 가득하네

오늘의 바람

오늘을 오늘처럼
사방을 있는 그대로 보고
오늘을 살아가다 보면
나는 비로소 오늘에 들어와 있다
그러다가 문득 오늘에 왔다가
스스럼없이 떠나는 바람을 본다
알아야 할 것을
모두 알고 끊어야 할 것을
모두 끊어버린 오늘이다
문밖 나들이에서
새가 벌레를 잡아먹는 모습을
바로 보며, 마침내 새벽,
밝아오는 아침을 맞는다
문득 새로운 오늘을 맞은 기쁨에 잠겨
사방을 향해 머물러 있을 때
흔들리지 않도록
오늘은 오늘로서 오늘의 바람을 본다

등불

밝히지 않고서는
기도나 염불만으로는
길을 갈 수 없다

길은
있지도 않고
없지도 않다

별 속의 별

하늘에 별이 많지만
어느 별을 보아야 하는가
드러나지 않게 가만히
별 하나 골라 바라보다가
다른 별을 바라보다가
바라보던 별 하나 잃고 만다
끝내 어느 별 하나
바라보지 못한다
가장 작은 별을 찾아보다가
가장 큰 별을 찾아보다가
빛나는 별
어두운 별
노래하는 별
춤추는 별
달리는 별
걷는 별
내려앉는 별
멈추는 별
별이 별 속에 묻혀
별 하나 찾지 못하고

별이 별을 보다가
별이 별을 잃는다
별 속에서 나를 찾다가
나를 잃어버린다
바라볼 별 하나
전혀 보이지 않는다
별 볼 일이 없어진다

북극성

환한 대낮을 지나
어둠이 다가서기 시작하자
조금도 움직이지 아니하고
멈추어 있던 자리에서
북극성은 비로소 빛을 보인다
모든 별들이
북극성을 중심으로 돌기 시작한다
빛을 돌리던 별이라도
빛을 전혀 모르는 별들이라도
어둠을 어둠으로 알고
즐겁게 빛을 발하게 하는 걸
어둠 때문이라 생각한다면
이는 정말 빛다운 빛이 아닐까
그냥 일하지 않고
편히 놀고 싶은 것은 아니다
어려움을 이겨 내어
살기 위하여 일을 하는 것
휴식하는 자만이
다음 한 날을
활기차게 맞이할 수 있듯

몸으로 바르게 살아가는 길
북극성은 어둠 속에서
모든 별들의 중심으로
어엿한 하루를 산다

마침표 하나

볼 수도 없고
전혀 보이지도 않는데
닦아가는 일은 또, 얼마나 먼 길일까
마음을 쉽게
알아차릴 수 있다면
그렇게 말할 수도 있겠지만
딱 알아차렸다면
또다시 분별할 필요는 없다
바람이 한가지로 불 때라도
나무나 물이나 구름이나
제 각각의 몸짓으로 흔들리는데
서로가 서로에게
끄달릴 필요가 있을까
윗물 아랫물이
한 방향으로 흐르더라도
때로는 천천히, 때로는 빠르게
흐르는 것이 어찌 제 탓만이겠는가
머물지 않는 한
길을 가기에는 까다롭고 힘들다
동행하는 나무도

더 이상 닦으며
제 그림자조차 버릴 데가 없다
함께 할 부역조차도
벌써 끝났다고 볼 수 있는
봄 여름 가을 겨울
그곳에서 마침표 하나, 찍고 싶다

* 끄달리다 : '끌어당기다'의 방언

홍시 경전經典

저 수많은
경전의 말씀 중에서
어느 한 마디가 마음에 닿아
깨우침이 될 수 있을까

늘 새라새로이
살아있는 물처럼 흐르면서
가파른 길을 밝혀가는
붉은 빛이 될 수 있을까

어두웠던 울안에도
잦아있던 사립문 밖에도
서서히 깨어나기 시작하면

온몸으로 받고도
이웃의 어깨 위에 내려앉아
붉은 경전의 온기로 차고 넘치는
산골짜기 작은 마을의 이른 아침

텃새들이 날아와
지상에서 가장 높은 하늘
가까운 감나무 가지 위에서
빛의 문장 하나씩 입에 물고 있다

* 새라새롭다 : 새롭고 새롭다

금동미륵보살반가사유상金銅彌勒菩薩半跏思惟像

저 가슴 속에는
한 가지 깊이가 있어
천만가지 움직임이
살아 숨 쉬고 있는 거야
가슴 밖으로 따로
구할 수 있는 것이 전혀 없어
차마 두 눈 꼭 감을 수 없어
반쯤 벌린 눈,
미소를 안고 있는 게야
텅 비어 있으면 강한 것,
쇠파이프도 속을 비워놓아야
쉽게 부러지거나
휘어지는 일이 없지
그게 강한 부드러움이라는 거야
한 줄기로 자라난
길가의 나무에 바람 지나는데
차별이 있음을 분명히 본다
보이지 않는 바람에
실체가 없는 바람에
미동도 모르던 나무가

잔가지 살랑살랑 흔들어대며
바람의 길을
알려주고 있지 않은가
맑은 마음과 물든 마음
새로 생긴 것이 아니라
본래부터 갖추어져 있었던 거야
처음 만들어진 걸 버리고
새로 만들어지거나
생겨날 것이 무엇이 있으랴, 저 가슴에

종심從心

창밖의 벌레소리
점점 높아지는 밤이다
작년 이맘때보다 훨씬 분명해지는 소리

작년 이맘때보다
달빛은 훨씬 밝아지고
잠 오지 않는 시간은 점점 더 늘어나고
자라는 손톱발톱 무료히 다듬고 있는데

무슨 일일까,
창밖 달빛 홀연 사라지고
밤바람 어지럽게 낙엽 쓸며 지나가더니
거침없이 맵게 내리는
가을 소낙비소리

작년 이맘때보다 차갑게 들리는 밤

무애无涯

높은 나무의 가지를
헤아리기는 어려운 일이다

그러나

작은 나무의 뿌리를
살피기는 더욱 어렵다

* 무애无涯 : 너무나 넓고 멀어서 끝이 없음.

비상飛翔을 위하여

날기 위해서는
깃털에 집요해도 좋다.
나는 법을 깨치기 위해서는
어느 정도 탐욕스러워도 좋다.
굳이 뒤를 바라보지 않고
앞길에 사로잡히지도 않고
바로 지금 이 자리는
떠 있는 허공의 자리
똑바로 바라보는 것이 좋다
똑바로 날아가는 것이 좋다
앞으로 가는 길은
두 눈으로 보이지 않고
한 마음으로 전해오는 것
남대천의 연어떼
바다에서 살다가
모천母川으로 돌아와
한 번 산란하고 생을 마감하듯
깃털 하나 둘 뽑히더라도
몸의 균형을 이룰 때까지
죽음과 맞바꿀 수도 있는

소중한 깃털, 날기 위해서는
몸속의 자기장을 품고
소중한 깃털 하나쯤 과감히
떨어뜨릴 각오는 해야 한다

그늘막에서

숲 속에 깊이 들어
볕이 가려진 그늘막에서
가부좌를 하고 앉아
몸이나 똑바로 세워볼까
바람이 불지 않아도
절로 흔들어대는 나무라든가
출렁이며 소리하는
물 흐름을 만나
여울져가는 마음을 챙겨볼까.
숨을 짧게 들이쉬고
혹은 길게 내쉬면서
몸 밖에서 몸 안으로
혹은 몸 안에서 몸 밖으로
흔들리고 흐르고 있다는 걸
모르고 있었던 건 아닐까
길게 하거나
멈추는 일이 없이
몸으로 가려진 호흡 그대로
흔들리는 나무 그늘막 아래
가부좌로 앉아

흐르는 물에 두 발을 씻고
반야의 몸을 찾아나선다

풍경風磬이 있는 풍경風景

풍경이 연신 울어대자
해거름 녘 산사는 고즈넉해졌다
법당 안 이리저리
무엇인가 좀스럽게 쏘다니며
쏠아대는 소리가 들려왔지만
흙먼지에 찌든 법당의 문살에서
점점 사그라지던 꽃무늬는
좀처럼 피어날 줄 몰랐다

그래도 거의
완벽하게 보이는 것은
법당 문살의 꽃무늬였다
진종일 그늘진 골짜기에서
물기 먹은 바람이 불어와도
어둠을 부르는 산짐승의 아우성과
비명이 낭자하게 들려와도
끝까지 꽃잎은 메마르지 않았다

해가 꼴깍,
산 너머로 떨어졌다

보이지 않던 골안개가
어둠을 기화로 피어오르고
밤낮없이 흐르면서
살아있는 물소리가
온 산을 휘감아 버렸다
어느 한곳에만 얽매이지 않았다

그 순간, 거침없이
나긋나긋 울어대는 풍경風磬 한 소리
바람처럼 차가운 달빛을 마구 부리며
산봉우리에 오르내렸다
움직임이나 흔들림이 없이
잔잔하던 법당에도 절 마당에도
문살 꽃무늬의 향기가 피어올랐다

나무의 연륜

저수지가 산녘에서
나무를 베어내고 있다
우지직, 나무는 쓰러지면서
지상에서의 마지막 시간들을,
살아온 나이를 밑동에 둥글게 보여주었다
쓰러지면서 부러뜨린
말라붙은 열매가, 잔가지가, 잎사귀가
저수지 위에 튕겨져 떨어졌다
그때마다 물낯에 새겨지는
나무의 동그란 나이테
열매나 잔가지나 잎사귀가 새겨놓은
물낯 위의 나이테는 한결 같았다
저수지 물낯 위에 그려진 나무의 연륜
처음 물낯에 닿자마자
작고 귀엽고, 양중 맞고 활기차더니
점점 물낯 위로 번지고 퍼지면서
더 큰 원을 그리면서 아스라해지면서
드디어 사라지기 시작하더니
마침내 흔적조차 보이지 않았다
한참 후에 바라보니

말라붙은 열매가 잔가지가 잎사귀가
가장자리로 밀려나 둥둥 떠 있었다
저수지 가 산녘에서
나무는 여전히 베어져 쓰러지고
저수지 물낯 위에서는
한낮의 햇살만이 현란했다

달 있는 소요 逍遙

대밭을 거쳐
소나무 숲 지나
바람 맞는 자리에서
불현듯 길을 멈추다 보면

해거름 무렵
어스름을 넘기는
길섶 아래 초집 한 채
처마 밑에 쌓아놓은
희나리엔 이슬이 맺혀 있고

어떤 겨를도 없이
스치고 스쳐 지나다가
서로 서로를 아울러 가는
솔바람 대바람 소리

솔잎 댓잎에 얹힌
구름 벗어난 진한 달빛에
소나무는 소나무대로
대나무는 대나무대로

제 그림자를 흔들어 댄다

* 회나리 : 덜 마른 장작

우신又新의 물

살아있는 물은
머문 자리를 비워놓고
밤낮 없이 흘렀다

씻고 나면
흐르는 물소리에
두 귀가 절로 열렸다

물과
물 사이로
채워진 물의 빈자리

만나지
않고서도
대화가 가능했다

메마른 누리가
어김없이 젖어들었다
살아가는 게 날로 새로웠다

2부

사과 한 알

봄은 나에게 나의 게으름을 확인해 주었다

봄은
보이는 세계나
보이지 않는 세계에서 태어난다
어디에서 찾아야 하고
어디를 믿어야 하겠는가
봄이 온다는 걸
그대로 믿어라, 그대로 믿어라,
뿌리와 싹이 동시에 하나 되어
오로지 하나 되어 있으니
그대로 믿어야 한다
싹은 뿌리에 붙어있고
뿌리는 싹을 살리고, 싹은 꽃을
꽃은 열매를 위하여 지고
열매는 새로운 뿌리를 길러낸다
아, 이 생명을 위하여
소한의 얼음이 대한에 녹는다
그렇다, 추운 소한은 있어도
대한 추위는 없다
성급하게 기다리던
봄을 놓아줄 수 없다면

기다리지도 사랑하지도 말라
봄은 나에게
나의 게으름을 확인해 주었다

사과 한 알

이 짙은 가을을
어떻게 감당해낼 수 있었을까

티끌 한 점
내려앉을 일이 없는
가을 하늘빛을 고스란히 모아
불타는 사과 한 알

본래 한 가지로 태어나
한여름의 열기를 견디어온
잎들은 슬그머니 몸을 풀어
공손히 지상에 내려앉는다

잠시 쉬는 동안에도
호흡이 흐르고 맥이 뛰는 양
둘러싸인 산과 들, 바람으로
닦아온 것도 쌓아온 것도 아닌

담당한 뜻으로 익어온
한 알의 사과, 비어있는 듯

가득한 한 가지 꿈으로 이룩한
저, 완전한 성불成佛의 모습

너그러운 얼굴을 하고
저절로 된 그대로 보이다가
눈부신 가을날의 오후 햇살을
한 발걸음 다가가서 감당해 놓는다

추석 대목장*에서

잔뜩 무엇인가 기대하며
추석 대목장 안에 든다
어쩌면 그 동안
닫힌 마음이었는지 모른다
마음은 언제나
새로운 상황에서만 일어난다
예상하지 못한 채 바라고 기다리게 하는
추석 대목장은
결코 마음을 멈출 수 없게 한다
낯선 사람의 어깨와 쉽게 부딪쳐도
평소와는 다르게
그냥 지나가다 짐짓 뒤돌아보며
피익 웃고 마는 오일장
무슨 일이 일어날지
소화시킬 만반의 준비를 갖춘 것은 아니다
더 큰 것을 기대하지만
기대가 크면 클수록
가능한 기대는 오히려 점점 낮아진다
문득 아침상을 떠올리며
호박잎을 산다

고부라진 오이와 가지 두어 개,
삶아놓은 고사리 몇 단을 고르고
고구마순 한 뭉치를 산다
아내가 좋아하는 오징어라도
몇 마리 살까 하다가
비린내에 쫓겨 그만 두고 만다
국밥집 안으로 쑤욱 들어간다
시장기마저 풍요로운 추석 대목장

* '대목'은 다른 시기에 비해 경기가 특별히 좋은 시기를 말하며, 설이나 추석
  등의 큰 명절을 바로 앞두고 서는 시장을 '대목장'이라 한다.

백로白露 아침

양철 지붕 위로
설익은 감 하나
툭, 떨어졌다

마른
감잎 하나
휙, 날아갔다

밤새 울던
풀여치들이
울음 뚝, 그치자

하늬바람에
두렁배미 올벼가
한결 모질어졌다

숫눈*

밤새
눈이 내렸다

아침이 오자
햇살이란 햇살이
우우우 모여 들었다

두 눈을
차마 뜰 수 없었다
어떤 말머리도 꺼낼 수 없었다

마음의 눈이라도
크게 뜨고 싶었지만

선 자리 그대로 머문 채
나는 나를 끌어안고
한참을 머물렀다

* 숫눈 : 눈이 와서 쌓인 상태 그대로인 깨끗한 눈

조팝 옆에서

어떤 느낌도 없다

맑고 밝은, 청정한 꽃,
그 꽃숭어리
어느 것에도
물들을 수가 없다
꽃으로 태어나
꽃으로 살면서도
그 빛과 향기에 물들지 않고
그대로
바람 부는 그대로인
무한無限의 꽃차례
보살 같은
수행修行의, 교화敎化의 꽃이
차마 눈부시어
어떤 느낌의 겨를이
없다

온 산이 텅텅,
굶주림같이 비어 버렸다

제비꽃

조건이나
겉으로 드러남 없이

앞선 마음에
걸림이 있는지 없는지

그렇게 중요하지 않았다

만날 때마다,
당장 작고 좀스러움에도

속을 텅 비워놓은 채
부딪쳐 울리어 나는 소리

잇달아 흘려오는
웃음은 그치지 않았다

견고譴告한 자유
- C·19 앞에서

아무것도
말하지 못할 것 같다
말로도 전할 수 없고
다만 눈과 귀로만 말할 때마다
소리 없는 문자가
쉬지 않고 주위를 돈다
마음에서 눈빛으로
눈빛에서 마음에서
얼마나 깊이, 은밀히, 들을 수 있을까
바람소리 같기도 하고
우레소리 같기도 하고
말할 수 없이 말할 수 없는
모든 말이 메아리와 같아서
커지지도 않고
작아지지도 않고
짙은 구름에 가려
아득해진 시공時空의
이 견고譴告한 자유여

* 견고譴告 ; 귀신이 천재지변을 보여 인간을 꾸짖음

C-19, 마스크

입을
싸매고
코를 가리고

턱을
감추고
귀를 잡으니

맑고 고운
눈만 남은 세상
어둠 가득 고여 있다

고목古木 쓰러지다

무엇때문일까,
어린 소녀의 성난 몸짓에
긴 세월은 일순 흐름을 멈춘다
아, 깨달음이 없으면 눈물이 된다

강한 것은
약한 것에 무릎을 꿇는 것

속이 텅 비어있는
고목, 결국 쓰러지다.
슬픔은 한 방울의 눈물로
대신할 수 있어도
상처는 치유되지 않는다

예로부터 드물다 하여도
거울 앞에 자리한 고희의 몸,

강한 것이
약한 것이다
바로 보이지 않는

소녀의 몸짓은 매섭다
매운 시간의 끝은 모질다

* 2019년 제13호 태풍 링링(LINGLING)은 홍콩에서 제출한 이름으로 소녀의
  애칭, 09.07(금) 새벽 제주도 서쪽 해상을 지나 7일 낮 서해안 부근으로
  이동하여 황해도와 경기북부 서해안 부근으로 상륙하여 많은 피해를 주
  었다.

놀라운 반응

잠자리에 들기 위해
오늘 하루 살아온 몸을 씻는다
바람을 닦아내고
구름을 훔쳐내고
마침내는 등쌀에 머물던
햇살도 풀어낸다.
그때마다 점점 가벼워지는 몸
걸음을 걸을 때마다
가뜩이나 상처 받은
세상 모든 이유까지 사라진다
이루어지리라 믿고 기다리던 일들이
하나 둘 버려지기 시작한다
몸을 씻는다는 것은
의미에서 무의미에 들어선다는 것
믿고 살아오며 매달렸던 가지에서
세상 가장 풍요로울 때를
기다려 떨어지던 낙엽이
바람에 쏠리는 소리가 들린다

비로소 창밖에서 어둠이 차 오른다

부채[扇]

무더위에
어떤 조건이 있을까

사람들은 전부
다 편안한 곳으로 가고
더 좋은 자리에 앉게 하라고
바람을 불러들이는 게다

바람이란 원래
겉만 보고 두 눈을 떠서
함부로 깨쳐서는 아니 되는 것

뭐라고 아는 체를 한다면
죽 끓듯이 끓고 있는 데서
바람은 큰 문제가 된다

바람이 일어, 부채는
겉으로 말하는 내용인 게다

어이없는 반응

창밖 뜨락이 갑자기
짙은 그늘에 휘감긴다
무슨 일이 일어나고 있는 것일까
급히 현관문을 열고 나가
뜨락에 내려
잔디위에 쌓인 이슬을 밟다 보니
마른 대나무 가지를 타고 오르던
나팔꽃이 이미 아침을 외쳐댄다
문득 싸아, 하니 찬바람이 인다
감나무 잎에 매달리던 이슬이
와르르르, 무너져 내린다
갑자기 뒤따르던 강아지가
바짓가랭이를 물고 뒷걸음질이다
도대체 무슨 일일까,
하는 순간, 나팔꽃 너른 잎몸 위에
버마재비 한 마리,
아니, 두 마리가 뒤엉켜 있다
가시 돋친 다리로
서로가 서로를 앙, 끌어안고 있다
두 마리 모두 꼼짝 못 하고

굳은 채로, 아침은 끝내
그늘에서 헤쳐나지 못하고 있다

벼랑끝에서

더 이상
나아갈 데가 없어졌다
멀어질 수 없이 가까워졌다
이것이 바로 업장이로구나
떡, 버티고 앉아
잠시 지켜볼 수밖에 없었다
스스로 느끼지 못할 지라도
경계에 이르러
얼마나 여여해지고 있었는가
휘둘리지 않을 수 없는데
어떻게 머물다가
어떻게 바뀌고
또 어떻게 살아갈 것인가
물 샐 틈 없이 지켜보다가
그냥 녹아 없어지고
끝내 사라지고 싶었다
물방울 하나가
가멸차게 목덜미를 후려쳤다

일방적인, 너무나 일방적인

　매일같이 되풀이 되는 일이기는 하지만 단 하루도 거르지 아니하고 이른 아침 사립문을 열고나가 어제와 조금도 다를 바 없는 들녘을 바라보듯이 오늘 아침에도 나는 먼 하늘 밑에 솟아있는 산봉우리를 바라보았습니다 그러나 산봉우리는 끝 간 데가 없이 넓고 힘차고 강하여 무어라 이름 할 수 없지만 그 높이를 구하여도 높아지지 않고 아무리 크기를 구하여도 조금도 커지지 않은 모습 그대로일 뿐이었습니다 그럼에도 불구하고 나의 가슴은 오히려 하루가 다르게 자꾸만 작아져서 이제는 더 이상 작아질 수 없을 만큼 작아져 있었습니다

　오늘 아침 사립문 밖 먼 거리에서 바라본 산봉우리는 어제보다도 더 붉은 기운에 휩싸인 채 아예 보이지 아니하였습니다 나는 차마 똑바로 바라보지도 못하고 슬그머니 감아버린 두 눈으로 산봉우리를 그리면서 선 자리 그대로 굳어버린 듯 오래오래 서 있었습니다 일방적인, 너무나 일방적인 외기러기 한 마리가 빈 들녘처럼 눈을 감고 서 있었습니다

여명黎明의 시각時刻에는 바람이 없다
- [제1회 충남도민문화의 날 및 제5회 충남생활문화한마당]에 부쳐

숨을 들이쉬면서
마음을 가라앉히며 나를 맞는다.
숨을 내쉬면서
나는 너에게 웃음을 짓는다
살아가야할 단 하나의 생명이 있지만
너를 바로 알고 보면
이 세상 모든 나는 무한하고
내가 걷는 길은 영원하고,
자유한 길에는 변함이 없는 것
밝아오는 저 빛은 지금
눈뜨며 웃음 짓는 우리의 가슴이다
그렇다, 한걸음 옮겨 딛고
손 한 번 들고 가꾸어온
눈부시게 피어난 꽃이 아니겠는가
여명의 시각에는 바람도 없다
산이 높다고 더 비춰주거나
물이 깊다고 덜 비춰주는 게 아닌
곧 마음으로 일구어 놓은 것
나를 중심으로 터득하고
나를 주인공으로 깨우쳐서

행동으로 완성하여 최고를 이룬
위대한 이 영혼의 결정을 보아라
순간의 발걸음에서 벗어나
넉넉하고 이로웁고
아름답게 만들어 가는 이 순간
찬란한 터전을 큼직이 맞아 보아라
여명의 시각에는
단 한 점의 바람도 없다

고즈넉한 피서避暑

예스레진 정자에 오르자
바람이 시원하게 걸러졌다
쓰름매미가 해질 무렵인 줄 알았을까
요란하게 마구 울어댔다.
건너편 산에서 흘러내려온 물이
정자 앞으로 지나면서
한 풀 꺾인 더위를 쓸어갔다

물가 갈대 줄기 사이에도
개개비는 보이지 않았다
빈 둥지에 떨어진 깃털 몇이
먹다 남은 먹이를 지키고 있다가
바위에 스쳐 이는 잔바람에
이따금 너울거렸다

먹이를 남겨두고
또 먹이사냥에 나선 것일까
아니면 새 둥지로 이사를 한 것일까
물소리 매미소리에 한참을 취해도
끝내 개개비는 나타나지 않았다

3부
간이역이 있던 자리

간이역이 있던 자리

아무럼, 간이역이 있던 자리에는
코스모스 한 두 포기 막심을 다하여 흔들어대겠다
간이역이 사라져 멈출 일이 전혀 있을 리 없는
기차는 그냥 바람결로 지나쳐 버리고
기다릴 일도 손 흔들어 줄 일도
슬퍼할 일도 반가운 일도 없어진
지금은, 해가 서쪽으로 넘어가는 해거름녘
달빛 가득한 야음을 틈타 간이역에 내린
바람 한 줄기로 남아 쭈욱, 기운이 빠져버린
코스모스 간신히 꽃대궁을 흔들어대는 데야
그림자인들 바로 세워질 수 있으랴, 그래도
기찻길 위에는 희끄무레 쇠잔한 햇살이 비쳐 들어와
일상의 하루를 마무리 하려는데 한 차례의 습격처럼
급행열차는 재빠른 회오리로 바람을 거두어간다
아무럼, 간이역임에랴 저녁햇살로나
등에 받아들고, 머언 산기슭의 외딴 초가
골짝 안개로 깊어가는 곳으로
코스모스 꽃 한 송이 무거운 등짐인 듯 짊어지고,
동녘으로 향한 걸음을 서둘러야겠다

바람 앞에서

나뭇잎은
잠시도 쉴 줄을 모른다
지난봄부터 가을까지도 그렇다
크고 넓은 잎들로
바람 맞아 시달리면서
이 단단한 겨울을 맞기까지
잦은 비에 얼마나 울고불고 야단이었던가
된서리에 얼마나 얼굴을 붉혀왔던가
어디서나 밝고 깨끗하고
자유롭고 평화로운 세상 가운데
아, 가을날, 온몸의 장식도
본래부터 가지고 있던 서러움의 몫이다
한없는 조락凋落의 연속
그러다 보니 눈빛 하나만으로 옹크려 왔다
참았던 말[言]이 메아리와 같음을 알며,
얼어 붙어버린 겨울눈[芽]
겨우겨우 피어났는데
다시 만난 바람 한 줄기
그렇게 봄을 맞을 것인가

*어둠별구름

서쪽 하늘에 보인다
해가 진 뒤 어둠별구름이 보인다
긴 하루하루 지나기까지
생각 한 번 일으키는 것이
어찌 죄업 아닌 것이 있으랴
마음을 다독여 겨우 뒤돌아보아도
마주한 너와 나의 거리는
응용할 줄 모르는 불꽃이었을레
끝내 훔쳐내지 못한 눈물이었을레
한낮 맑은 하늘 아래
구름 흐르다 그늘 지어주고
햇살 지나다가 바람 살짝 건드리고
신기할 정도로, 신통하게
가슴과 가슴을 서로 이어온 나날들
흐뭇할 정도로 대견하던 일들은
모두 별이라서, 별은 별이 분명한데
이리도 어둠별구름이 될 줄이야
무의미하게 산다는 것에서
벗어나고 싶다, 혀끝이 알알하고
눈두덩에 아린 눈물 가득 고여오는데

너를 사랑하고 너를 사랑했던 날들
스스로 빛을 내지 않으며
별빛을 가로막아 어둡게 보이는 걸
입 안에서만 후끈,
불꽃처럼 얼얼해지는 걸 어이하랴

* 어둠별구름 : 은하의 군데군데에 어둡게 보이는 천체의 무리.

테트라포드(Tetrapod)

촛불을 켜고
눈 한 번 깜짝하면
동굴의 어둠도 사라지는 것
어머니의 눈물을
쉽게 닦아드릴 수 있고
울게 만들 수 있는 것은
자식뿐이다, 아들뿐이다
끊임없이 몰려드는 거센 물결을
쉽게 막아내듯이
실패나 좌절은 차라리
새로운 길로 찾아 나서게 하는
테트라포드
구름에 가려진 태양을 모를 수 있으랴
갈대 구멍으로 세상을 볼 수가 있으랴
믿고 깨닫기만 한다면
어머니를 비로소 만나
급기야는 온몸을 다하여
어머니 품에 안겨드릴 수 있지 않겠는가

* 테트라포드(tetrapod) : 중심에서 사방으로 원기둥 모양의 네 개의 발이 나와 있는 대형 콘크리트 블록. 파도를 막기 위해 주로 바닷가 방파제에 사용된다.

거미손

거미가 밤새
거미줄을 쳐 놓았다
간밤 어둠까지 송두리째 움켜쥔
미다스의 넝쿨손, 탱자나무 가시 사이로
등넝쿨 칡넝쿨 으름넝쿨처럼
이리저리 얽히고설킨
허공을 틀어쥐었다
아침이슬 방울방울에까지
햇살 한 줌씩 그러쥔 채로
입맛을, 쩍쩍, 북돋워댔다
미다스의 넝쿨손 마디마디
바람이 지나자
눈부신 햇살이, 와르르, 쏟아졌다
미다스의 넝쿨손에 낚아 채인
샛노란 은행나무 잎새 하나
마지막 긁어쥔
황금은 시방, 몹시 위태하다

* 미다스(Midas) : 자신의 딸을 손으로 만졌을 때, 딸이 금으로 변하는 등 만지는 모든 것이 황금으로 변하는 것으로 널리 알려져 있는, 그리스 신화에 나오는 임금이다. 오늘날 미다스는 '탐욕, 과욕'을, 미다스의 손(Midas touch)은 '돈 버는 재주'라는 뜻을 지닌다.

바람의 길 1

바람은 지난밤
어둠을 마무리한 뒤
잠시 길을 멈추고
햇살을 모아 아침을 맞는다
남이 알아주든 말든
원망하지 않고
앞만 바라보며 걸어온
상흔傷痕의 길
언제나 말을 부드럽게 하고
보기 좋은 얼굴로
꾸며대는 일도 없다
솔을 만나면 솔향기처럼
둘레를 넓히고
대나무를 만나면 댓잎처럼
이슬 한 방울에도
햇살을 흔들어 빛내줄 뿐이다
마음에 없는 소리를 함부로
내뱉지도 아니한다
어느 나무와도
어느 풀 한 포기에도

친하게 만나고 있지만
편便을 만들어 치우지지 않는다
스쳐 지나온 길
끊임 없이 쓸어내고
또 거침없이 다듬어갈 일이다

바람의 길 2

가을이래도 바람은
나무 곁을 떠나지 못한다
가야하는 길을 함부로
멈추지 아니한다
하늘의 구름을 쓸어
지상의 그림자를 거두고
열심히 나무 가지를 흔들어
지난 계절의 순간들을 일깨워준다
그래서 가을 하늘은 높고 푸르고
나무들은 조락凋落의 때를
이곳저곳 가리지 않는다
가려서 잎을 떨어뜨리지 않는다
어떤 것을 알아야 하고
알지 않아야 하는가를
분명히 분별해주는 바람

바람은 길을 가며
함부로 그림자를 내려놓지 않는다
오직 서 있는 자리에서
진종일 하늘만을 우러르며

수없이 많은 그림자를
지상에 내려놓고 있는 나무
생生은 이미 다하고,
만만부당하게 밀어닥치는
업보業報에 맞춰가는 중인 게다
이때, 바람은 그저
스쳐 지나기만 하는 것이 아니라
조락의 나무 곁에서
잠시도 떠나는 일도 없이
함께 살아가기로 한다

낯선 노래

산에 오르다가
못난 나무를 만나더라도
절대 나무로만 바라보아야 한다
그렇게 바라볼 줄 알아야 한다

산에 오르다 보면
나무는 나무대로
오르는 발걸음은 발걸음대로
지상의 중심에 서게 된다

구름이 하늘을 뒤덮어
나무마다 제각각
다른 그늘을 만들어 주고나면
구름 지난 자리에는
짙푸른 햇살 한 줌 남아있고

문득 허공을 날던
새 한 마리 사뿐 내려앉은
지상의 나무 작은 가지에서
낯선 하늘을 노래하기 시작한다

갈대가 있는 자리

본래 바람이 없으면
느낌이 있을 수 없다
다만 몸이 있기 때문에
순간의 주림과 목마름은 있다
추위와 더위가 함께할 때마다
울어야 할 아침을 맞아
가멸차게 외쳐대는 소리
떠오르는 태양은
언제나 준비되어 있다
본래 서 있는 한 자리도
얻을 수 없었지만
믿고 이해한 것을 바탕으로
어느 것에도 얽매이지 않고
서로 아우르다 보면
만일 속지 않게 된다면
온종일이라도 바람에
멋대로 흔들릴 수 있겠다

부러지는 나무

바람에 흔들린다 해서
뿌리가 없는 것은 아니다

물가에 있거나
큰 산 중에 서 있거나
낮은 산녘에 있거나

바람을 만나면
바람과 함께
눈이 오면 눈을 맞아
몸을 굽혀 눈꽃을 벙글지라도

푸르다고 해서
주림이 없는 것은 아니다
목마름이 있고
사랑도 미움도 있고, 다만

대대로 살아온
몸 하나로
서서 자라야 할 나무

뿌리 하나로 바람에 맞서다가
나무가 부러지지 않는 것은 아니다

박주가리의 터전

단 한 뼘의 터전을 위해서
몸을 날린다
한 알의 씨알에 날개를 달고
온몸을 날린다
스스로 나는 줄도 모르게 날고
온 몸의 힘을 모아 날면서도
한 치의 헛된 날아감이 없다
명주실 같은 흰 깃털을 달고
아무 것도 바라는 것 없이
무엇이 되기를 바라지 않고
바람의 어깨 죽지에 매달려
바람의 힘을 빌어
선택되어진 땅
애써 할 일을
이제부터는 만들지 않아도 된다
믿음 하나로 몸을 가꾸어가기만 하면
된다
다시 한 알, 씨알의 날개를 위해
가장 넉넉하게 마련되어진
거쿨진 박주가리의 터전

터 오르는 햇살을 모아
철근콘크리트 다리목 갈라진 틈서리에서
박주가리 하나, 새벽 맑은 이슬에
온몸을 흠씬 적시고 있다

* 거룩지다 : 몸집이 크고 하는 짓이나 말 따위가 씩씩하고 시원시원하다

씨도리배추

요즈음 세상에
씨도리배추가 다 있었네요
자드락밭 한 구석탱이
씨도리배추 몇 포기
남아있는 걸 보았거든요
잘라버린 배추 밑동에서
겨우겨우 돋아나고 있는
어린 배추싹을 보았어요
예측할 수 없는 날씨
똑바로 자라나지 못하면
꽃 피울 수도 없고
씨알조차 지키지 못할 터인데
신명을 다 바쳐
씨알 하나라도 얻으려는 것일까요
배추잎 베어난 자리에
한낮의 햇살 몇, 방울져 있고
구름 몇 가닥 끌어 내리다가
슬그머니 자리 털고 일어서는
바람 한 줄기
배추 밑동은

피부를 벗어버린 채
온몸을 햇볕에 말리고 있었어요
새 싹을 틔울
틈을 엿보는 거였어요
햇살을 보아야 비로소
싹이나마 키울 수 있을 테니까요

* 씨도리배추: 씨를 받기 위해 밑동만 남기고 잘라 낸 배추
* 자드락밭: 낮은 산기슭 비탈진 곳에 있는 밭

바로 이 자리
- 소녀상 앞에서

분노와
억장이 무너지는 슬픔
결코 다시 생각하고도 싶지 않은 말
저 은하계나 태양계가
아무리 염주알처럼 줄에 매달려서
돌아간다 하더라도
결코 잊혀질 수도
잊을 수도 없는 말
쓰나미처럼 쓰나미처럼
덮치고 덮쳐
흔적조차 남기고 싶지 않은
분노와 슬픔처럼
이 강인한 테두리 안에서는
한 치도 벗어날 수 없다
벗어나고 싶지 않다, 마구 외쳐대고 싶다
뜨거운 가슴을 매듭으로 엮어
말로써 짓고 지어
보이는 세계나
보이지 않는 세계까지도
생명을 불러 되새겨 외치고 싶은 말

- 소녀야, 우리 소녀야
지금 살아가고 있는
바로 이 자리
여기에 맡겨, 부려놓고 싶다

참된 골짜기

　물흐름이 이어지는 골짜기일수록 건너기 어렵다 가장 깊고 맑은 물줄기가 작은 소리를 내면서 흐르는 것을 가만히 바라보면 작은 돌 하나까지 훤히 들여다보이고 때로는 작은 하늘 한 폭을 옮겨다 놓기도 하고 바람이 지나치다 내려놓은 낙엽 하나 둥둥 띄우기도 하고 산속 어디에서 갈증에 시달려 허겁지겁 달려온 노루며 고라니며 산토끼며 심지어 멧돼지가 새끼들까지 우우우 떼 지어 몰고 와서는 발목을 흠씬 적시도록 허락해주는 골짜기 물을 보면 차마 건너기가 두렵다 한량없이 원만하고 저리도 앞뒤를 틀림없이 지키며 조리 닿아 바르고 마땅한 것을 보면 두루두루 걸림 없는 골짜기를 건너기는 정말로 놀랍다 그럼에도 불구하고 늘 그랬던 것처럼 아무런 생각 없이 골짜기를 가볍게 뛰어 건너려는데 찬바람이 이슬방울을 내던지며 휙, 뒷덜미를 한껏 후려친다 그 찰라, 뜨거운 가슴이 싸늘하게 식으며 흘러내린다

절개지꽃

절 마당으로 오르는
조붓한 길은 참 고즈넉했다
늙은 소나무 두 그루가
짙은 그림자를 좌우에 늘어뜨렸다
소나무 밑은 한여름인데도
싸늘하리만치 시원했다

요사채 앞, 정오를 넘겨 졸던
하얀 몸을 한 개 한 마리가
문득 고개를 들었다가, 이내
앞다리 모아 턱을 괴고는
마주하던 눈빛을 거둬버렸다
전혀 경계하는 눈치가 아니었다

살아가는 것이 죄라고
사(赦)함을 받으려는 것일까
법당 안에서 예불 소리가
끊어질 듯 가늘게 흘러 나왔다
법당 뒤 절개지에서는 산꽃들이
소담스럽게 피고 있었다

닭의장풀

나는 내 이름에 맞는
꽃잎을 가진다

닭의 볏과 닮았으니
내 이름은 닭의장풀이다
잎은 당연히 달걀모양이다
굵은 발목 같은 마디마디
흙에 닿기만 하면
망설임 없이 뿌리를 내리고
거친 땅이라도 마구 헤쳐 가며
악착같이 터전을 넓혀간다

서쪽 시림施林* 속에서
닭 울음소리가 들려온다

*시림施林 : 시체를 숲속에 버려 새나 짐승이 먹게 하는 장사법

4부

뚝방 밑 포도밭

뚝방 밑 포도밭

뚝방 밑으로
포도밭, 날 새기도 전에
물 흐르는 소리가 들려온다
이리저리 휘휘 숲을 돌다가
제일로 눈에 잘 띄는 곳
나무 꼭대기에 후르륵, 올라서는
번식기 맞은 두견이가 운다,
오뉴월을 운다
날개를 아래로 늘어뜨리고
꼬리를 위로 부채살처럼 펼친 뒤
나뭇가지 위에서
빙글빙글 돌며 마구 울었쌌는다
하늘이 그냥 흐려 있는
백야 같은 아침, 포도밭에서
푸른 포도알이 탱탱 부풀어 오른다
아직 달포는 더 지나야
포도알은 진보랏빛으로 익을 터인데
녹음 짙은 수풀 사이로
지붕을 맞대고 살아오던 마을사람들은
오늘 아침 다 어디로 간 것일까

인기척이 드물어진
뚝방 밑 포도밭에서는
물 오른 포도알들이
제 홀로 익어가고 있다.
두견이 쌍으로 날아와
포도밭을 마구 휘둘러대고 있다

무화과를 바라보며

바람만큼 살고 싶다.
가장 깊고 참된 꽃으로
겉으로 드러나는 일이 없도록
그 빛깔과 향기를 붙움키며
두루 걸림이 없는 열매에
아름다운 날들을 모으고 싶다
무화과 붉은 열매를 스치고 나면
함부로 날뛰는 일이 없이
한량없이 원만하고
두루두루 거리낄 리 없는 바람처럼
무화과를 어르며 살고 싶다
어떤 이치와 어떤 일에
얽매이지 않고 자유로운
정토를 이루고자
적거나 작고 보잘 것 없는
사소한 마음들, 어디나
고르고 한결같이 자유로운 세상
밝고 깨끗하고 눈이나 마주치고
믿음처럼 달콤한 깨달음으로
참된 마음으로 살아가고 싶다

* 붙움키다 : '두 팔로 힘껏 안거나 두 손으로 단단히 쥐다'의 의미인 '부둥키다'의 원래 말

예쁜 꽃

겨울 지나
봄꽃

여름 건너
가을꽃

참,
예쁜 꽃

낙엽落葉 1

가장
낮은 곳보다

더 내려갈 곳이
없기 때문에

이제는
구를 수밖에 없다

몸이 한결
가볍고 편안해진다

낙엽落葉 2

같은 줄기
같은 바람에라도
무게에 따라 떨어지는
낙엽의 분수나 처지는 다르다

한 곳 아래 위에서
약속처럼 지켜야 할 생각들이
좋을 것도 나쁠 것도
가릴 것 없이 앞뒤로 떨어진다

지상에는 낱낱이 뒹구는
생각들이 겹겹이 쌓여 있고
미처 벗어나지 못한 생각들은
모두 다 알몸이 되어가는데

떨어지던 순간도
기억 사이에서 소멸되고
뜨거운 아픔도 괴롬도 사라진
지금은 늦가을

같은 줄기
같은 바람에라도
또 다시 걸어야 할
사토沙土는 여전 남아있다

마로니에 열매 하나

비록 먼 곳에
떨어져 있다 해도
마음이 서로 통하면, 언제나
곁에 있다는 것은 참말이 아니다

너와 나 사이
마음의 거리가 아닌
시공의 거리로 슬픔이 넘어서면
어느 단계에 올라서면
나의 기도는 마냥 즐겁기도 하겠지만.

너와 내가
결코 이루어질 수 없는
하나됨을 온전히 믿는다는 것
자리를 정해 놓고 반가부좌로 앉아도
세상의 모든 일에 즐겁지 않으면

오래 지속하지 못한 채로
한때 나누던 마음도

마로니에 열매 하나 툭, 떨어지듯
너와 나, 천 길의 거리가 된다

짝사랑

추위도
더위도 없었다,

길고
짧음도 없이

주림과
목마름만 있었다,

가을, 마롱 하나

간밤 숱한 사람들이
가볍게 건너던 징검다리
불빛이 어둠 속에서 맺히더니
마침내 아침을 열어줍니다

일상이
아침으로 걸으며
새로운 하루를 시작합니다
길은 간밤의 이슬로 젖어 있고

마로니에는
마롱 하나 툭, 떨어뜨립니다
바람의 깃에 파르르 떨고 있는
마지막 너른 잎새

이제 마로니에는
가을, 길이 겨울을 넘어
봄으로 이어져 있음을
알몸으로 알아차리기로 합니다

* 마롱(프. marron) : 마로니에(marronnier)의 열매.

새소리

안전한 장소를
찾을 수 있는 곳이라면,
간단히 듣기만 하면 됩니다

알지 못하는
전혀 알 수 없는
앞으로 다가올 일에 대해
아무런 준비도 필요 없습니다

내가 없다면
'나'라는 존재가 없다면
전혀 들려올 리 없는 저, 새소리
천지 가득 나로 하여금
사로잡혀 이루어지고 있는
지지의 숨소리

언제, 어디서,
어떻게 다가오는지
대처할 수 있는지 알지 못합니다

지상은 모두
나름대로 제멋에 삽니다
너무 귀중한 것이기도 하지요
새소리를 들을 수 있는 까닭입니다

배롱나무는

배롱나무는
아무리 오랜 동안
꽃을 피운다 하더라도
다른 꽃들같이 끝을 가진다
착하고 어질고 고운 줄기에도
끝은 있다
어질지 못하면
어려운 터전을 견디지 못한다는데
배롱나무가 어찌
올바르게 사랑할 줄을 알고
미워할 줄도 모르겠는가
바람이 불어올 때마다
배롱나무는 쉬지 않고 움직인다
움직이지 않는 나무는
좋은 땅에서도 쉽게
타락하고 꺾이고 마는 것
다른 세상의 모든 나무들이
푸르러가기에 열중일 때
배롱나무는 등불 같이
불타는 꽃송이를 연신 피우다가

바람 이는 하늘 밑으로
붉게 수를 놓는다
밝은 낮에 낙엽 하나
떨어뜨리는 데에도
함부로 장소를 가리지 않는다

단풍잎 하나

아직
할 말이
남아 있었던가

여전히
붉게 타고 있는
단풍잎 하나

자꾸만 떨어뜨리는 바람

차마 밟고 지나갈 수 없어

헤어진 그녀 생각하듯

가장
붉게 탄 단풍 하나
집어 들었다

아픈 허리를 굽혀
서슴없이
집어 들었다

돌멩이

쓸모없는 것
쓸모를 깨닫기까지

맨땅에서 알몸으로 진창* 굴러야 했다

* 진창 : 물릴 정도로 아주 많이

높바람

홀려버린
꽃 한 송이

어쩌지 못한 채, 차마

딸까 말까
딸까 말까

* 높바람 : 몹시 빠르고 기세 있게 부는 바람

모천暮天

내 긴 그림자가
낯설게 느껴질 때

가던 길을 멈추면

즐거움도
슬퍼질 때가 있다

파적破寂

새벽 달빛에
모든 분별分別을 여의고

단풍 한 잎
연못 위로 떨어지자

잠잠하던 물낯이
홀연 술렁이기 시작했다

은잔銀盞꽃

이슬이
꽃잎에 내리는 동안
잠언箴言에 머물렀다

엊저녁
바람 지난 자리에
가득한 어둠 속으로
트여오는 맑은 종소리

이슬이 고여
넘치는 은잔 속에
새벽달이 잠깐 몸을 담갔다

5부

물소리를 찾다

*망금정^{望錦亭}에 올라

너른 들녘 사이로
잇대어 흐르는 것이
어디 강물뿐이겠는가
산다는 것은
무겁고 가벼움에 따라
길을 만들고, 무너뜨리고
만들어지고, 무너지면서
결국 한 흐름으로 이어지다 보면
어느 하나
오붓하지 않은 것은 없다
강물이 강물끼리 웅얼대다
어제처럼 흐르는 흐름일 때
저절로 소모되다가
절로 갈앉아 없어지면서
다시 불러 모아 흐르면
하늘의 구름도
강물 속에 잠겨 흐르고
한낮의 햇살조차도 깊숙이 가라앉는다
한 세상 좋이 벗어나
뜻이라도 세우고자 하면

갖가지 상념들이 숱하게 일어나고
강물의 깊이를 들여다보면
강물도 나름으로 흐려질
어떠한 까닭이나 근거도 없다
들녘 사이, 사이로 흐르는
저 숱한 물줄기가
서로 아우르다 다시 여울져
흐려지는 큰 강물 속에서
저물어 가는 하루를 얼렁대는
바람 한 줄기와 마주한다

* 망금정望錦亭은 우리나라 최초의 신부인 김대건이 중국에서 사제서품을
받고 돌아온 것을 기념하기 위해 1845년에 지은 사적 제318호 '나바위성
당' 뒤 금강변의 나바위에 세워져 있으며, 신부님들이 일상에서 벗어나 묵
상과 성찰 기도 등 수련하던 피정避靜의 장소이다.

망양정望洋亭에서

바다를 보아도
바다는 보이지 않았다
물결 한 줄기 밀려서 오면
뒤따라 달려온 물결에 부서지고
그 부서지고 난 자리
바다는 이미 사라지고 없었다
쪽빛의 바다는 분명 그대로 살아있는데
한 자리에서 눈부셔 오고 있는데
왜 물결만이
저리도 굽이쳐 오는 것일까
정도程度의 차이가 상존常存하여 있는
물결과 물결 사이
많지 않은 차이가
바다를 삼켜버리는
저리 엄청난 결과를 가져올 줄이야
그러나 바다의 가슴은
좀처럼 메마르지 않았다
제 몸을 제 몸대로 내려놓고 싶었다
앞뒤 물결이 하나를 이루면서
바다는 비로소 온전한 바다가 되었다

무어라 무어라고
조근조근 속삭이며
마냥 바라보고만 있는 망양정은
어느 한 쪽으로도
전혀 기울어짐 하나 보이지 않았다

* 망양정望洋亭 : 경북 울진군 근남면 산포리에 있는 망양望洋해수욕장 근처
  언덕에 자리 잡고 있다. 이곳 주위의 아름다운 풍광은 시, 그림으로 전해
  지는데, 조선조 숙종이 관동팔경의 그림을 보고 이곳이 가장 낫다고 하
  여 친히 '관동제일루關東第一樓'라는 글씨를 써 보내 정자에 걸도록 했다.

벽천폭포 壁泉瀑布
- 울진 민물고기생태체험관에서

향기 나는 미끼 아래
반드시 죽는 고기 있다 하였던가
일정한 곳에 잡아 가두는
향기 배인 가을햇살에 현혹되어
미끄러지듯, 저
벽을 타고 쏟아지는 폭포
그러나, 푸근히 젖어드는
어떤 허물도 없이
마냥 깨끗하다
보일 듯 말 듯
속살까지 훤히 비춰온다
아찔한 순간이다
아무런 마음이 없고
더더구나 집착이란 것도 없이
젖어드는 마음은
본디의 정체가 그대로이다
미혹이 있으나
흘러 쏟아지다 보면
좋은 것도 나쁜 것도 없다
끝이 있는 것이 아닌데도

향기 나는 미끼도 없이
마지막 힘을 더하여
모두 다 흘려버리고 있는
벽천의 폭포 아래
죽는 고기 한 마리 있을 수 없다
있고 없는 일이 모두
조금도 전혀 상관없는 일이다

* 벽천폭포壁泉瀑布 : 건축물의 벽면에 붙인 조각물의 입에서 물이 흘러나오
  거나 뿜어져 나오도록 만든 샘으로부터 흘러내리는 물을 '벽천壁泉'이라
  하며, 그 물이 폭포처럼 내린다 하여 '벽천壁泉'이란 말에 '폭포瀑布'를 붙
  여서 사용하였음

성류굴聖留窟을 빠져나오며

몸과 마음을
낮추면 낮출수록
어둠으로 가는 길은 넓어졌다
되돌릴 수도 없는 길
오직 앞으로만 가다보면
맨 처음 들어왔던
거기가 바로 백일하白日下
대명천지大明天地, 참 오래도 걸어왔다
세상의 곧은길은 오직 한 길
낮추면 낮출수록
누가 바로 서고
누가 바로 서지 못하는
경계의 분별을 가져서는
안 된다,고 하였지만
어찌된 일일까
한 뼘이라도 더 커 보이려고
발돋움하는 어린애의 모습처럼
전망과 배경이 보이지 않는
좁고 낮고 축축한 어둠 속
몸으로 말하는 것이

허리 구부리고 목을 굴리는
거짓된 행동만이 아닌
외길로 이루어 질 때는
아무리 캄캄한 굴속에서라도
어렴풋한 불빛은 잡을 수 있었다
길 한 번 바꾸는 데는
바늘 끝을 깨치고 난 것처럼
세상은 맑고 향기로워졌다

* 성류굴聖留窟 : 천연기념물 제155호로, 경상북도 울진군 근남면 구산리에
  있는 석회동굴로, 총길이는 약 800m, 주굴의 길이는 약 470m이며 최대
  너비가 18m이다. 2억 5,000만 년 전에 형성된 것으로 추정된다. 굴의 명
  칭은 임진왜란 때 성류사(고려시대의 사찰로 임진왜란 때 소실)의 부처를 이 굴에 피
  난·보호했다는 데서 유래했으며, 경치가 좋아 신선들이 노는 장소라 하
  여 선유굴이라고도 한다.

불영계곡佛影溪谷에서

흐르는 물에
그림자를 던져놓는다
물 위에는
한여름의 뜨거운 햇살이 떠 있고
흐르는 물 굽이굽이로
거룩한 설법처럼
숱한 그림자가 무리지어 내려앉는다
스스로 귀를 막고
눈을 가려 이루어온 긴 시간들
아무런 대책도
처방도 내리지 못하고 살아온 날들
다 여문 씨알처럼 땅에 심어놓고
때에 따라 물을 뿌려주면서
흙바람 물안개 눈보라에 길들여온
내 그림자는 일체가 쓴 맛이다
욕심 없는 허공에 시늉하고 있으면
내 안에서 일어날 수 있는 일은
모두 다 일어날 수 있을까
몸에 의지하지 않고
그림자에 기대어 버티고 배겨내면서

내 그림자는
내가 부려놓을 수밖에 없는데
나를 시험하여 보려는 듯
저만큼 흐르는 물속으로
불영佛影이 어리어리 얼비쳐온다.

* 불영계곡(佛影溪谷. 명승 제6호) : 경북 울진군 근남면 행곡리에서 서면 하원리
  불영사에 이르는 광천에 발달한 계곡으로 길이 15㎞. 예로부터 울진의
  소금강이라고도 불리며, 물·암석·수목이 조화된 명승지로 알려져 있다.

물소리를 찾다

어둠으로 하여
침묵이 눈멀게 할 수는 없다
물소리를 찾는다
그러나 후곡천*의 물속에는
작은 달그림자 하나 없다
소리가 살아있는
깊은 어둠으로 어둠을 거둘 수는 없다
어둠 속에서 어둠으로 길을 열어
무너져 내리는 침묵에 싸인다
한 걸음도 나아갈래야 나아갈 수 없는
지금, 자꾸만 어둠을 지어가면서
물소리를 찾는다
그러나 한걸음도 옮기지 못한다
바로 침묵을 눈멀게 하고 깨닫는 길
그렇다, 이제 그 동안
지성知性처럼 알고 있던
모든 것을 씻어내기로 한다
차츰차츰 흔들림 없이
멈춤 없는 물소리를 찾는다
짙은 어둠으로 세상을 덮고

본래 뿌리 없는 생각으로부터
조금씩 무너져 내리는 침묵으로부터
부서지지 않을 만큼
단단하고 튼튼한
물소리를 찾는다, 찾아 나선다

어느덧 저 멀리 아침을 맞고 있는
금강소나무길 후곡천 물소리

* 후곡천 : 경북 울진군 금강송면 대광천길로 흐르는 물줄기. 금강송길 아
  래로 이어져 흐르고 있다.

추암, 촛대바위 앞에서

날렵한 몸을 하고
한 편의 시詩가 일어섰다
둘레에서는 온통 헉헉 숨찬
흰 게거품을 뿜어내며
거친 바다가
푸른 독기를 물고
일시에 몰려왔다가
사라지기를 반복했다
시는 어둠도 아닌 눈부신 대낮에
스스로 안위를 걱정하다가
더듬적거리며 잊었다가
되찾은 목소리로인 듯
한 두 마디 말을 모아
한 편의 시를 낚아내기 시작했다
날마다 날마다 한 편씩,
아니면 그 이상의 시를 읊어대도
언제나 모자란 것은
한 편의 시였다
일어서는 것이 바로
한 편의 시가 가지는 현주소였다

겹겹으로 쌓이고 쌓인

거침없는 말[言]들의

첩첩喋喋한 미혹迷惑

아무리 모으고 모아 보아도

깜깜한 어둠 속에서

겨우 자리해 놓은 것은

거대한 촛대 하나뿐

촛불 하나 끝내 밝히지 못했다

한 줄의 시를 쓰듯

환히 드러난 한낮의 촛대를

바람처럼 파도가 핥고 있었다

* 강원도 동해시의 명소 추암 촛대바위는 수중의 기암괴석이 바다를 배경
  으로 하여 비경을 빚어냄으로써 감탄을 자아내는 명소에 있다. 촛대처럼
  생긴 기이하고 절묘한 모습의 바위가 무리를 이루며 하늘을 찌를 듯 솟아
  오른 모습은 가히 장관이라 하겠다.

황장목黃腸木을 찾아서

흐르는 물은
오늘도 쉬지 않고 흐르지만
마음 깊숙이 자리 잡은
눈부신 황금 속고갱이는 만날 수 없다
고개를 뒤로 젖히고
허공을 우러를 수밖에 없다
금강소나무는 다름없이
올곧고 붉은 기운을 돋구워
짙푸른 하늘에
햇솜 같은 구름을 둥실리는데
얼마나 티없이 사는데 빈틈이 없는가
얼마나 바르게 사는데 구석이 없는가
얼마나 참되게 깨어 그릇됨이 없는가
화두話頭로 생각을 돌려보아도
마음을 헤아릴 수 없는 여기는
경상북도 울진군 금강송면 소광리 후곡천
천 번을 외쳐 부르면 다가오려나
부르는 소리는 끝이 없고
생각이 잇달아 끊이지 않고
뜻이 아니어도 분명한 뜻을 잊고

황장목을 찾아온
금강송면 후곡천 가장자리
흐르는 물소리만 여전히 살아온다
노오란 마타리꽃 몇
키 큰 몸을 다투어 자꾸만 흔들어댄다

* 황장목黃腸木 금강 소나무 중 속고갱이 부분이 누런빛을 띠는 소나무는 궁
궐이나 당시에 가장 중요한 수송수단이던 배를 만들 때, 또는 관을 짤 때
썼는데, 이렇게 속이 누런 소나무를 황장목黃腸木이라 불렀으며 나라에서
는 황장금표 같은 표식을 세워 철저히 관리하고, 특히 정조 때는 송목금
벌松木禁伐이라 해서 소나무 베기 자체를 금지하기도 하였다 한다.

초량 이바구길

꿈은 있으나
꿈을 꾸지 않는다
가까운 사람 끼리끼리
어깨를 겯고 이마를 맞대며
좁은 길을 아끼며
마음으로 세고,
마음의 목소리를
마음의 귀로 또렷하게 듣다 보면
어느 사이, 여기
부산 산북도로, 이바구길
시인 강영환이 마중하여 있다
오늘이 절로 즐거워지는 길
눈 비 바람을 피하지 않는다
찬 이슬 바깥잠도
마다하지 않는다
눈부신 햇살을
헤프게 꿈꾸지 않는
이 머물 곳 없는 곳에 머물며
걷고 또 걸어도
길은 언제나 마련되어 있다

* 부산 산복도로 초량 이바구길 : 〈이바구〉는 '이야기'라는 경상도 사투리
다. 부산 근현대 역사의 씨앗이 동구 곳곳에서 이야기꽃이 피어난 곳으로
부산 최초의 근대식 물류창고였던 '남선창고'부터 층계마다 피란민들의
설움이 밴 '168계단', 영화 한 편으로 울고 웃게 했던 '범일동 극장트리오',
가냘픈 어깨로 부산의 경제를 지탱했던 신발공장 여공들의 발길이 오가
던 '누나의 길'까지 근현대 부산의 옛 기억이 고스란히 스며있는 곳이자,
역동적인 세월을 깊이 받아들인 동구의 상징적인 자취가 남아 있는 곳이
며, 낯선 여행객들의 정감 있는 쉼터 '이바구충전소'와 '까꼬막', 막걸리 한
잔과 따스한 국밥 한 그릇으로 애환의 그 시절로 돌아가게 하는 '6·25 막
걸리'와 '168도시락국' 등 누구나 공감할 수 있는 이야기로 과거와 현재
를 이어주는 '시간의 가교'이기도 하다. 이곳에서는 강영환 시인의 시작
품을 많이 만날 수 있다.

대게[竹蟹]를 찾아서

작은 몸통에 어쩌면 저리도
굵고 긴 다리를 매달고 있을까
어쩌면 저리도 쭉쭉 뻗어있을까
영덕 대게[竹蟹]
사방四方도 아닌
사방의 배나 되는
팔방八方으로 번져나가는 탐욕의 다리
벽으로 등을 기댄 채로
메두사의 머리칼 같은 흉측한 집게발을 하고
앞의 경계를 돌로 굳혀 버리려는 듯
강렬한 눈빛을 되게 치쳐 올리며
공포를 뿜어 전율에 빠뜨린다
붉은 다리마다 희디흰 속살로 채워놓은
탐욕은 대나무 마디처럼 길쭉하다
사람들은 모두 선량한 마음을 하고
각기 다른 모습으로 몰려와서는
팔방으로 뻗은 탐욕을 가르고
대게의 속살을 긁어
입 안 가득 향으로 빚어 채운다
온 몸을 보살펴 이끌어낸다

그러다 보면
탐욕은 저절로 씻겨 내려
강구항의 쪽빛 바다로 흘러내리고
한 번 찾아왔던 사람이라면
쪽빛 바다 하얀 물결이 밀려오듯
강구항江口港으로 끊임없이
잇대어 올 수밖에 없다

* 대게[竹蟹] : 몸통에서 쭉쭉 뻗은 다리 여덟 개가 〈대나무〉처럼 곧고 마디
  가 있다고 "대게[竹蟹]"라는 이름이 붙었다 한다.

* 강구항江口港 : 영덕 대게의 집산지로 유명한 경북 영덕의 어항

어둠의 바다

- 해운대에서

어둠이 에워싸고 있을 때
바다는 깊이 잠들어 있었다
두 귀를 열어놓고
두 눈을 떠보아도
바다는 전혀 있을 듯 없었다

어떠한 소리조차
사라진 어둠의 바다
무엇을 찾아 나설 수가 없었다
무엇인가 하려 할 수도 없었다
무엇인가 되려 할 수도 없었다

바다로 가는
끝 계단에 주저앉아
모래밭에 두 발을 올려놓았다
바다를 앞에 두고
바다를 볼 수 없는, 그래서
어느 것도 어떻게 들을 수 없었다

끝내 앉은 자리에서 일어나
발걸음을 뒤로 돌리고 말았다
어디선가 없지 않은
어둠의 바다, 본래의 향기가
속뜻을 내비치듯
은은하게 밀려들고 있었다

오천항鰲川港에서

바다가 비어있다
이른 봄 바다가 비어있다
텅 비어 있었지만
분명한 몸짓으로 움직이고 있다

온 세상 향하여
끊임없이 움직이는 바다
처음처럼 생명을 주고 있는
쉼 없는 화엄華嚴의 바다

차라리 이곳에
모든 걸 놓아버리고 싶다
안과 밖이 따로따로가 아닌
오직 하나로 살아있는
짙은 초록 물결에 빠져들고 싶다

온 바가 없고,
갈 바 없던 어둠들이
거울처럼 비쳐 보인다
하늘처럼 맑게 비친다

수많은 갈래길로 벋어나간
바다는 묵언墨言의 너른 마당
저 멀리 어둠별*이
허공을 밝히듯 차갑게 떠 있다

* 오천항鰲川港 : 충남 보령시 오천면 소성리에 있는 어항으로 조선 세조
   12(1466)에는 충청도 수군사령부인 충청수영이 설치되어 왜구의 침탈로부
   터 방어하고 한양으로 가는 조운선을 보호하던 수군기지가 있던 요충지
   였으며, 1971년 국가어항으로 지정되었다.

* 어둠별: 해가 진 뒤 서쪽 하늘에 보이는 '금성'을 달리 이르는 말. 금성
   은 태양계의 두 번째 행성으로 태양과 달 다음으로 가장 밝은 천체이다.

거문도巨文島에서

바다는
출렁거리며
끊임없이 넓어진다

단풍잎 하나
날아와 세차게
내달릴 듯 출렁인다

늘 잇대어
사라지지 않고 일어나는 문장文章

그리고, 흐무러질 듯
아주 뭉그러질 듯
작은 섬 하나

바다가
출렁거리기엔
너무나 크고 넓다

* 거문도巨文島 : 전남 여수시 삼산면에 위치한 남해의 섬. 여수와 제주도의 중간 지점에 위치하는데, 섬이 3개여서 예전에는 삼도三島, 삼산도三山島라 불리기도 했다. 지금의 거문도라는 이름은 청나라의 정여창이 이 섬을 찾았다가 섬 사람들과 대화가 통하지 않다보니 필담을 주고받았는데 작은 섬에 학문이 뛰어난 사람이 많다는 것을 알게 돼 거문巨文이라는 이름을 붙이자고 조선 조정에 건의해 이런 이름을 갖게 됐다고 하는데, 숲이 빽빽해 멀리서 보면 섬이 검게 보여 '검은'을 '거문'으로 차자借字했다는 이야기도 있다.

궁을가_{弓乙歌}*를 부르며

무엇을 받을 수 있으리오
주지 않으면 아무것도 받을 수 없는
저 높은 하늘,
분노할 수조차 없는 지상에서는
지금 한 여름의 열기로
철 잃은 푸른 나뭇잎이 지고 있다

보다 낮은 소리를 듣기 위하여
하늘은 저 먼 끝에서 지평을 이루고
저 먼 바다의 끝에서 수평을 이루고
한 때 견고히 에워쌌던
울타리나 담을 쌓지 않는다

높아서 더 이상 높은 곳이 없으며
맑아서 더 이상 맑을 수도 없는
하늘, 먼 곳에서 지상과 바다를 만날 때
비로소 곧바른 선을 이룬다

절망도 기쁨도
저 하늘과 거기 쏟아지는 빛살 앞에서는

아무런 채움도 없이
접어 맞댄 양단에 바늘을 넣어가며
질긴 땀*이 겉으로 드러나지 않게
안으로 떠서 꿰매어가는 일.

때로는 둥글게,
때로는 구르게, 때로는 굳세게
가슴에서 파도처럼 일어선다
하늘은 높으면서
언제나 낮은 소리를 우레처럼 듣는다

* 궁을가ㄹ乙歌 : 작자와 연대 미상의 동학가사로 어린이들을 상대로 동요
  로 부르도록 권유하면서 당시의 시대적 상황을 비판하고 그 극복의 길
  을 제시하고 있다.

* 땀 : 바느질을 할 때에 바늘로 한 번 뜬 자국

망해사望海寺에서

달빛에 반짝이던
잔물결을 바라보는 순간
설렘을 벗어난 듯
가슴이 본래대로 가라앉았다
연좌宴坐에 들어간 늙은 스님이
갑자기 밭은기침을 해댔다
바다는 쥐 죽은 듯이
침묵으로 취한 눈부심에
끊임없이 달빛을 휘둘러댔다
고요에 묻히지 않고는
머무는 곳이 없는데 머물러 있고
모양은 있는데
얻을 수조차 없었다
찐득한 바람이 불어왔다
우주 만상이 공적空寂하여
어느 곳 하나 이를 데 없는
경지, 잠이 오지 않았다
법당안의 엷은 등불이
물낯 위에서 반들거렸다

* 전북 김제시가 진봉면 심포리에 자리한 '망해사望海寺'는 '바다를 바라보는
절'이라는 뜻으로 642년 백제 의자왕 때 부설거사가 세운 것을 당나라 승
려 중도법사가 중창했다. 조선 선조 때의 이름난 선승 진묵대사가 이곳에
서 수행하며 낙서전과 팽나무를 심었던 유서 깊은 사찰이다. 일제강점기
에 발행한 우편엽서의 배경사진과 조선문학의 최절정을 이뤘던 윤선도
의 시에도 등장한다고 한다.

백마강白馬江에서

누가 감히 이곳에서
무엇이 어떠하다 말할 수 있으랴
눈치 없는 사람들이 우르르 몰려와서
수없이 몰려드는 눈치 떼들에게
붕붕 허공처럼 부풀려 튀어놓은
팝콘을 먹이로 내던져 주면서
희희락락하는 모양새라니, 이곳은
수천 년 멈춤 없이 흘러온 강물 아니던가
되놈 소정방이 드리운 낚시에
백마白馬로 낚였던 삶은 어차피
비극을 불러온 단막의 희극이었던 것
강물 또한 시간처럼
마침내 눈물 되어 흘러온 길을
누가 함부로 말할 수 있으랴, 어차피
삶이란 희극도 비극으로 흐르는 것
조금도 가볍지 않고
조급해서는 안 된다
잡초의 뿌리처럼
뿌리와 뿌리가 서로 뒤엉켜
강물은 좀처럼 풀기 힘든 소용돌이

높푸른 가을 하늘의 구름무리가
우수수 낙엽처럼 강물로 쏟아져
눈치떼들의 비늘로 들어박힌 채
그침 없이 반짝이는 까닭은
저리도 깊은 망국의 한풀이였던가
다른 일은 있을 수 없다고, 누가
감히 허투루 말할 수 있으랴

* 백마강白馬江 : 일반적으로 금강변 부여읍扶餘邑 정동리의 앞 범바위[虎岩]
  에서부터 부여읍 현북리 파진산 모퉁이까지의 약 16㎞ 구간을 백마강이
  라 하는데, 전북 장수군 장수읍 신무산(神舞山, 897m)에서 발원하는 금강이
  서쪽으로 꺾여 흘러서 공주에 이르러 웅진熊津 또는 금강錦江이 되고, 유구
  천維鳩川을 합하여 남쪽으로 곡류하면서 부여군에 이르러 고성진古省津 또
  는 백마강이 된다.

부록

시작을 위한 노트 몇

글 구재기

시작을 위한 노트 몇

글 구재기

❶ 심호흡을 하면서
- 나의 첫 시집 『자갈전답』의 둘레에서

나의 첫시집 『자갈전답』의 둘레를 생각하려니 문득 전봉건 선생님의 모습이 떠오른다. 후리후리하신 키, 예리하신 눈빛, 조용하시어 차마 내 숨소리조차 크게 낼 수 없게 하시는 낮으막한 목소리, 그리고 그 목소리에 숨겨있는 냉철함 속의 다정다감함! … 그러나 더이상 선생님의 모습은 떠오르지 아니한다. 1970년이나 되었을까? 아니, 확실히 1970년도이다. 선생님으로부터 추천을 받고자하는 당돌함(?)으로 작품을 보내기 시작한 해가 바로 그 해이다. 그로부터 6년의 세월이 흐른 1977년 6월 어느 날 우편으로 받아 쥔《현대시학》8월호(그 당시에는 월간 잡지들이 두어달 먼저 나오곤 하였다)에 나의 작품 「으름넝쿨꽃」이 함께 하고 있지 아니한가? 꿈인 듯 바르르 손끝이 떨려왔다. 그리고 눈물이 핑 돌았다. 그때 나는 고향 충남 서천군 시초면의 소재지에 위치한 모교 시초초등학교에서 근무하고 있었던 때였다.

당시 초등학교 3학년 담임이었었는데 흥분한 나에게 수업이 제대로 될 수 없었던 것은 물론이었다. 나의 흥분한 표정이 이상하였던지 아이들은 자기들끼리 서로 마주보다가, 나의 표정을 살피다가, 흔히 보지 못한 나의 표정이었음을 재확인하였는지 모두들 조용한 침묵 속으로 빠져들었었지, 아마!

아무튼 가슴이 찡하게 울리기도 하고, 눈물이 핑 돌기도 하는데, 어떻게 수업 시간을 보내었는지 모른다. 겨우 앞에 앉은 녀석에게 나의 이름이 적혀있는 《현대시학》 한 쪽을 펴 보여주었는데, 그 녀석은 책을 볼 생각은 아니하고 나의 얼굴 살피기에 급급하였을 뿐이었다. 그도 그럴 것이 녀석의 두 눈에는 나의 이름은 아니 보이고 있었으니 당연한 것이다. 초등학교 3학년 녀석으로서는 '丘在期'라는 한자의 이름이 어디 나의 이름으로 알았겠는가? 나의 낯선 표정에 그저 어안이 벙벙하였을 뿐이었으리라!!

녀석의 두 눈에서 나의 시선을 거두어 난 곧 선생님의 추천사를 찾았다.

丘在期의 「으름넝쿨꽃」을 첫回薦으로 선보이기로 하였다. 하고자 하는 말을 이만큼 단단하게 빈틈없이 하는 作品을 대하기가 결코 쉬운 일이 아니다. 오랫동안의 習作期를 거친 사람으로 알고 있어서 다음 作品에다 많은 期待를 걸어보기로 한다. -- 全鳳健

전봉건 선생님의 이 말씀은 나로 하여금 얼마나 눈물이게 하였으며 떨림이게 하였는지, 나의 떨림과 그 눈물은 한참을 계속하게 하였다. 나의 집안의 모습을 그대로 말해버리고 난 다음에 밀려오는 그 부끄러움과 그동안 참으면서 맺혀왔던 서러움이 눈물과 울음을 불러 오게 하였다. 그 바람에 한 시간 수업을 여지없이 흘려보내고 말았다. 바로 다음과 같은 시였다.

이월 스무 아흐렛날 / 面事務所 戶籍係에 들려서 / 꾀죄죄 때가 묻은 戶籍을 살펴보면 / 일곱 살 때 장암으로 돌아가신 어머님의 붉은 줄이 있지 / 돌안에 百日咳로 죽은 두 兄들의 붉은

줄이 있지 / 다섯 누이들이 시집가서 남긴 붉은 줄이 있지 / 우
리 동네에서 가장 많은 戶籍의 붉은 줄 속으로 / 용하게 자라서
淡紫色으로 피어나는 으름넝쿨꽃 / 지금은 어머니와 두 兄들의
魂을 모아 쭉쭉 뻗어나가고 / 시집간 다섯 누이의 웃음 속에서
/ 다시 뻗쳐 탱자나무 숲으로 나가는 으름넝쿨꽃 / 오히려 칭칭
탱자나무를 감고 뻗쳐나가는 / 淡紫色으름넝쿨꽃

- 초회 추천작 「으름넝쿨꽃」(《현대시학》 1977. 8) 전문

그 해 여름방학을 맞아 나는 곧 서울을 향하여 기차를 달리게 하
였고, 그래서 서대문 우체국 뒤편의 그 삐끄덕거리는 나무 계단을
타고 올라가서는 드디어 전봉건 선생님을 뵙게 되었다. 어마어마
하기만 한 사무실인 줄 알았던 나에게 그 삐끄덕거리는 나무계단은
너무나 의외였으며, 더더구나 그 좁은 사무실에서 선생님 혼자서
돋보기 너머로 활자 교정을 하시던 모습은 지금까지 나의 가슴 깊
이에 아로새겨져 영영 쓰리게 하고 있다. 그러나 처음으로 뵈온 전
봉건 선생님! 실제 나보다도 큰 키이셨거니와 참으로 높으신 키에
차마 말 한 마디도 꺼낼 수 없을 만큼 경외함을 불러 일으켜 주셨다.
"선생님, 저 구재기입니다"
"오, 그래? 올라오느라고 수고했구만!"
그 날 선생님을 모시고 서대문 우체국 뒤편의 어느 음식점에서
생선 매운탕으로 식사를 다 마치고, 근처 다방에서 커피 한 잔 마시
고, 그리고 인사를 드리고 뒤로 물러나기까지 아마 한두 마디 물으
시는 말씀에 대한 답 이외에는 도저히 한 말씀도 드릴 수 없는 위엄
을 선생님께서는 가지고 계셨다.
다음해 1978년 2월 완료추천을 거치고, 몇 년 후 선생님께서는
나의 조심스러운 부탁을 거두시어 첫시집 『자갈 전답田畓』(서울: 명지
사, 1983. 11. 30)을 맡아 펴내 주셨다. 그러나 지금 선생님은 이 땅의
하늘 아래 아니 계시고, 나는 선생님이 가신 다음해 추모 시 낭송회

참석 이후에 서울과는 시 쓰는 일로의 발걸음은 하지 않고 있다.

　전봉건 선생님으로부터 시집을 맡아주시겠다는 말씀을 듣고 원고를 정리하여 숭전대학교(지금의 한남대학교) 김대행 교수님께 해설을 부탁드렸다. 당시 나는 숭전대학교 2학년에 편입하여 김교수님으로부터 강의를 듣고 있었다. 교수님은 결코 이런 해설은 쓰지 않는다고 하시면서도 제자의 부탁이어서인지 마지못해 허락을 해 주셨다. 교수님께서는 이런 시집 뒤에 함께 하는 해설에는 별로 관심이 없으셨다. 오르지 학술적인 논문에만 관심이 높으셨던 것이다. 교수님은 해박한 지식과 학자로서의 지고함과, 이에 버금하는 명강의로 내 마음뿐만 아니라 당시 편입한 늙은 학생들에게 최고의 교수로 추앙받고 계셨던 것이다. 그런 교수님께 시집의 해설을 부탁하기까지는 꽤 많은 저어함을 가지고 있었다. 아무튼 시집 해설을 맡아주셨고, 그러한 분의 해설이 나의 첫 시집에 함께 하게 된 행복을 지금까지 누리고 있는 것이다. 그리고 교수님의 해설 중 다음과 같은 부분은 나로 하여금 시 쓰는 사람으로서의 자세가 어떠해야 되는가에 대한 〈침묵의 가르침〉으로 지금까지 내 마음 속 깊이에 자리하고 있다.

　　나는 어느 편인가 하면 시詩는 아무나 쓰는 것이 아니라고 확신하고 있는 쪽의 사람이다. 그것을 이미 터득하고 시 쓰는 일을 단념하고 있는 사람이므로 내 마음 속에 있는 것은 시 쓰는 사람에 대한 경외감이다. 다만 직업적 관심 때문에 시를 사랑하고 또 이해하고자 노력하는 사람일 뿐이다. - 중략 - 그럼에도 불구하고 구재기가 그의 시에 대한 얘기를 해 줄 것을 요청하였을 때 나는 주저가 앞섰고, 하물며 그의 시에서 단점만을 지적해달라는 말을 해왔을 때 나는 도저히 그것을 할 수 없다고 생각하기도 했던 터였다. 그러나 진정으로 사랑하는 것은 칭찬

만이 능사가 아니라는 그의 말에 수긍하면서 한 가지 지적쯤 해
두고자 한다

　나는 적어도 김대행 교수님 같은 분이 그런 말씀을 해주실 줄은
전혀 상상조차 해보지 아니했다. 교수님의 말씀은 천 마디의 금언
이나 격언보다도 나의 가슴 깊이에 아직까지도 생생하게 살아있어
시의 길을 걸어가는 가운데에서 환한 빛이 되고 있다.
　시집이 나오고, 그것을 받아들고는 나는 근 한 달여 동안 나의 좁
은 서실에 그냥 묶여있는 채로 놓아두었다. 어쩌지 시집을 누구한
테든 보내준다는 것이 그렇게 나의 마음에 차지 않았다. 그리고 시
집을 펴내자마자 바로 서명하여 제 시인들에게 보내주는 사람들의
용기에 스스로 많은 것을 느끼고 있었다. 어떻게 저 시집들을 자신
있게 보내줄 수 있다는 말인가? 아내도 곁에서 이런 나에게 왜 보내
줄 시집이라면 빨리 보내지 안 보내고 있느냐고 재촉까지 곁들여
걱정을 하고 있었다. 아니 나에게 용기를 북돋아 주었는지 모른다.
　아무튼 한 달여 동안 나와 함께 서실書室을 함께 차지하던 나의 첫
시집『자갈 전답田畓』은 전국 집배원들의 수고로움에 힘입어 배달되
었고, 그 결과 많은 분들의 답장 글이 날아왔다. 그 중에는 이런 분
들도 나 같은 피라미 시인에게 답장을 해주시는구나 하고 감격스러
워 할 정도로 원로 시인들의 낯선 글씨도 휘둥그레진 나의 두 눈앞
에 나타나기도 하였다. 비로소 시집을 보내기 참 잘했구나 하는 생
각까지 몰려들었다. 아내와 함께 따뜻한 격려의 말씀이 함께 하고
있는 편지를 읽으면서 새삼 시로의 바른 길을 찾자는 다짐을 굳게
하였다.
　그러나 그러한 시로의 바른 길이 무엇인지 첫시집을 펴낸 지 반
백년이 지난 이 순간까지도 아직 모르고 있다. 다만 심호흡을 더더
욱 깊게 하면서 열심히 쓰다 보면 내 생명이 붙어있는 한 한 편쯤은
만나게 되겠지 라는 기대를 잔뜩 부풀리고 있을 뿐이다. 그 길이 바

로 나에게 부여된 시로의 바른 길인지 모른다는 생각때문이다.

❷ 내 시의 흐름에는 내 발자국이 없다

요즈음 나의 시의 길은 결국 나의 바다에 닿고 싶어진다. 그 바다는 곧 나 자신인 것이다. 나로부터 모든 것이 시작되고 있으며, 나로부터 이 세상 모든 물상들이 자리 잡고 있기 때문이다. 〈나의 모든 걸 하나에 담자!〉는 자세로 한 사물을 보는 데에 있어서 열심히 시의 눈을 모아대고 싶다. 그러다 보니 한 소재에 모든 것이 상호 긴밀한 관계를 가지고 나에게 다가오기 시작한다.

그렇다. 한 시작품에는 나의 모든 우주가 상호 깊은 관계를 맺어오면서 또 다른 생산물을 표출시키고 있는 것이다. 시는 곧 하나의 내가 창조한 우주요, 그 속에서 나는 내가 창조해낸 우주 속에 자리하고 있는 하나의 미미한 존재일 뿐이다. 그러한 우주를 탄생시키기 위해서 나는 나를 한없이 작게 만들고, 나를 작게 만든 만큼 넓어진 속에서 시의 눈을 넓히는 작업을 계속해야 한다는 것이다.

살아가는 데에 있어서 나 자신을 낮추면 낮춘 만큼 다른 상대는 한없이 자신을 드러내준다. 그것이 곧 나에게는 시로 다가온다. 감히 우러러보는 보는 대상 앞에서 어찌 함부로 자신을 드러낼 수 있으랴! 만사가 경외감에 싸여 자신을 한없이 작게 만든다. 그러나 그와는 반대로 우러러본다는 생각에 휩싸이면 자신을 잘 드러내게 마련이다. 시의 모든 소재가 되는 것들 앞에서 자신을 낮추면 그 본질은 언제나 모든 걸 다 보인다. 그 본질 속에서 나를 찾아내는 작업이야말로 시를 생산해 내는 작업 과정이 아니겠는가? 나의 시는 언제나 나를 바라보는 데에 있다는 생각이다.

무게를 가졌다는 것은

슬픈 일이다. 제 주어진 길을
가다가 멈춘 울산바위는 슬프다
멈춘다는 것은
제 무게로 제 자리를 가진다는 것
울산바위는 제 몸의 무게로
자리하여 멈추고는 마냥 슬프다

민들레꽃에게도 무게가 있다
그 꽃의 무게만큼
질기고 긴 곧은 뿌리를 가지고 있다
그 뿌리로 제 몸의 무게를 감당하다가
마침내 꽃을 피우고 씨를 맺는다

생애 중 가장 큰 무게를 가진
그 꽃자리에 돋아난 꽃씨
무게를 버리고 나니 가볍다
가벼울수록 멀리 날 수 있다

민들레 꽃씨는
바람과 함께 바람에 실려
울산바위 위를 가볍게 날아, 설악을 넘어
울산바위가 훤히 보이는 동해 바닷가
너르고 푸른 밭 언덕에 사뿐 자리했다
- 시 「무게에 대하여」 전문

나의 시 「무게에 대하여」란 작품이다. 이에 대하여 어느 비평가는
다음과 같이 말해준다.

상징은 현상의 세계가 아닌 불가시不可視의 세계, 정신의 세
계를 가시可視의 세계, 감각 물질의 세계로 바꾸는 것이다. 기존

의 바위는 강한 의지나 신념, 견고함, 신중함 등을 표상하는 사물이었다. 그러나 구재기의 시에서 바위는 '가다가 멈춘' 바위이며 그래서 슬픈 사물로 형상화되었다.

정지는 흐름에 상반된 것이며 곧 죽음의 이미지에 가깝다. 생명을 가진 것은 끝없이 움직이며 천변만화한다. 변하지 않고 움직이지 않는 것은 차갑게 굳어버린 주검일 뿐이다. 흐름은 곧 실재이다. 이 시에서 바위의 대척점은 "민들레 꽃씨"가 자리하고 있다. 민들레 꽃씨는 바위와 달리 '꽃을 피우고 씨를 맺는' 생명체이고, 부동의 논리를 전복하는 유동의 불꽃으로 본래의 무게를 버리고 가볍게 나는 사물이다. 시인은 조용히 말한다. '가벼울수록 멀리 날 수 있다'는 경구驚句의 냄새가 나기는 하지만 이 시에서 간과할 수 없는 시구이다.

이 시는 과중한 삶의 무게에 짓눌려 허덕이는 일상인들이 버려야 할 것이 무엇인지, 가벼운 깃털처럼 날 수 있는 존재의 방식이 무엇인지를 제시하고 있다. 시인은 지금 '너르고 푸른 밭'을 향해 가벼운 발걸음을 내딛고 있다. 그의 다음 행보를 지켜보기로 한다.

아래의 시작품「폭설 뒤에」에 대하여 또 다른 비평가는 다음과 같이 말해준다.

꿈결에서인 듯
어둠을 타고, 뚝, 뚝, 뚜우뚝
대나무 부러지는 소리가 들리더니
어제보다도 눈부신 아침 햇살 속에
처절하게 부러져 있는 대나무가 보인다
그렇구나
푸르디푸르게, 저 혼자 푸르게
봄 여름 가을을 지나

겨울에 이르기까지, 푸르게 푸르게
늘 푸른 모습 오만이게 자랑이더니
드디어 하늘의 노여움을 불러 들였구나
겨우겨우 몸을 지탱한 것들은
온 몸으로 눈 가득 짊어지고
노역勞役의 벌로
허리를 굽히고 있구나

아침 굴뚝 연기로
당당히 쌓인 눈을 녹이고 있는
가난한 초집, 뒤란의 하얀 대숲

-「폭설 뒤에」전문

이 시작품에 대하여 또 다른 비평가는 다음과 같이 말해준다.

　폭설 뒤에 마주친 대숲의 풍경은 자못 처참하기조차 하다. 군
데군데 부러진 가지며, 눈의 무게를 못 이겨 휘어질 듯 겨우
지탱하고 있는 대나무 숲의 모습은 애처로움마저 불러일으킨
다. 평소 그렇게도 꼿꼿함을 자랑하더니…… 그런데 이처럼 하
늘의 노여움까지 불러들일 정도로 꼿꼿한 대나무의 오만한 기
상이 왠지 시인의 눈에는 글 싫지만은 않아 보인다. 그러한 느
낌은 2연의 '아침 굴뚝 연기로/당당히 쌓인 눈을 녹이고 있는/
가난한 초집'이라고 말한 대목에서 더욱 빛을 발한다. 그렇다.
시인은 분명 '가난한 초집'이라고 했다. 부러지고 꺾여질 모습
일망정, 즉 오만의대가로 허리가 휘었을망정, 당당한 모습으로
아침 햇살을 맞는 대나무 숲의 모습에서, 그는 지금 이 시대에
는 사라진 무언가의 소중한 깨달음을 얻고 있는 듯하다. 그래서
일까. 아침 햇살이 한편으로 유난히 눈부시게 다가오는 것은.

한 편의 시를 쓰기 위해서는 젊어야 한다. 눈도 귀도 코도 입도 모

두 젊어져야 한다. 가지고 있는 모든 감각들이 젊어질 때 시의 앞길이 보인다. 젊은 눈을 찾아야 하고, 젊은 코와 입을 만나야 하고, 또 귀를 젊게 열어놓아야 한다. 젊으면 가지고 있는 모든 걸 받아들이게 마련이다.

하나의 떡잎을 보기로 하자! 뿌리를 내리고 있는 모든 어린 싹들은 떡잎의 모든 걸 다 빨아들이고, 마침내 더 이상 떡잎으로부터 받아들일 것이 없는 시기에 이르면 스스로 번져 놓은 뿌리로부터 자양을 얻어 자신의 몸을 키우게 된다. 시는 떡잎으로부터 자양을 빨아들이는 어린 시기의 식물이어야 한다. 어미의 젖을 빨며 성장을 도모하는 포유류가 되어서는 안 된다. 자신의 몸에 붙은 그 어떤 것에서 자양을 빨아들인 성장에는 자신을 바라볼 줄 알게 되지만 어미로부터 자양을 빨아들이는 포유류가 어찌 어미의 마음을 끝까지 알아차리겠는가? 나의 몸을 삭히어 자양을 만들어 한 편의 시를 생산해내는 작업을 계속하여야 할 것이다.

나로부터 시의 자양을 얻는 자세를 가지고 부지런히 젊음을 찾아 나서고 있는 요즈음이다. 이런 나의 마음이 요즈음에는 젊은 시인들의 시작업의 길을 자꾸만 엿보게 하면서 살아가는지 모른다. 그런 의미에서 내가 가지고 있는 것은 모두 버릴 줄도 알아야 한다. 모든 걸 버림으로써 더 큰 것을 얻을 수 있다는 것이다. 아니 얻을 수 있는 그릇을 위하여 보다 철저하게 비워놓아야 한다.

비워놓다 보면 시는 쓰는 것이 아니라 쓰여지는 것이라는 걸 알게 된다. 시를 찾아 나서면 시는 항상 나의 한 걸음 앞에서 나를 기다리고 있고, 또 좀 주춤거리기라도 하면 왜 그동안 찾아주지 않았느냐고 묻기조차 하지도 않는다. 시는 그냥 나의 길에서 항상 나를 기다리고 있다. 살아가는 데에 있어서 참으로 그만한 행복은 없다. 그런 생각에서 2004년 제6회 시예술상본상 수상시집으로 펴낸 『살아갈 이유에 대하여』서문에서 다음과 같이 한 마디 붙여놓기도 한다.

농부의 아들로 태어나 농촌에서 살고 있다는 것, 시를 쓰고 있다는 것, 그리고 시를 말하고 들어줄 수 있는 교사의 직職을 가졌다는 것. 이 세 가지 천복天福 -- 그 이외의 것은 모두 나의 욕심처럼 버리고 싶습니다

이런 마음으로 나는 나의 시의 길을 걸어 마침내 내 시의 바다에 도달할 것이다. 그러나 아무리 걸어보아도 내 시의 흐름에는 내 발자국이 없을 것이라는 걸 스스로 깨닫고 있다.

❸ 실패하는 중매인中媒人의 길

시를 생각할 때마다 난 곧잘 중매인中媒人을 생각하곤 한다. 전혀 관계가 없는 사물과 사물이 내포하고 있는 이미지를 결합하여 완전한 시 한 편을 창조해 낸다는 것, 전혀 관계가 없는 시어와 시어가 결합하여 한 편의 시를 이룬다는 것! 그것은 전혀 낯선 남과 여가 한 마음을 모아 사랑이라는 질서 속에서 한 가정을 이룬다는 것 -- 곧 시 한 편을 창조해내는 과정과 다르지 않다는 생각에서다.

사물과 사물이 하나를 이루게 될 때에 제 각각의 이미지만을 내세운다면 그것은 엄연한 하나의 혼란이다. 그러나 사물이 가지는 제 각각의 이미지를 하나로 완전하게 합일될 수 있다면 그것은 분명한 질서가 된다. 이와 마찬가지로 하나의 시어와 시어가 가지는 이미지가 서로 화학적 화합을 이루지 못한다면 하나의 문장을 이룰 수 없다. 설혹 어찌어찌하여 억지로 이루어놓았다 하더라도 그 문장은 도저히 시구절로서의 역할을 할 수 없게 될 뿐만 아니라, 무슨 소리를 하는 지조차 알 길이 없어 마침내 언어가 가지는 무질서를 보여주는 형편없는 비문非文이 될 것이다. 따라서 한 편의 시를 탄생시키기 위해서 시인은 전혀 낯설기만 한 사물과 사물과의 이미지가

잘 조화를 이루도록, 시어와 시어가 낯선 모습으로 어울리지 못하는 무질서에서 참으로 잘 어울려 새로운 질서의 이미지를 창출해내는 질서를 이룰 수 있도록 중매인의 역할을 충실히 해야 할 것이다.

일찍이 고향 마을에는 중매를 참으로 잘 하는 아주머니 한 분이 있었다. 동네에서는 어느 사이 그녀를 '중매쟁이'라고 불렀다. 어디서 그렇게 신랑, 신부를 잘 골라내오는지 이웃 동네나 건너 동네의 모든 선남선녀들의 이름은 모조리 그 아주머니의 머릿속에서 노닐었다. 그러나 본래부터 그 아주머니는 '중매쟁이'가 아니었다. 한 번의 중매가 순조롭게 이루어져 결국 행복한 가정을 이루게 되었고, 그 가정의 모습이 이 아주머니에게 작은 행복감을 가져다주게 된 이후부터이다. 세상에 전혀 낯모르는 남과 여가 중매의 역할로 행복한 한 가정을 이루어줄 줄이야! 그것은 그녀에게 분명한 행복이었다. 그래, 그녀에게는 때가 된 선남의 모습이 자연스럽게 떠올리게 되었고, 때로는 혼기에 찬 참한 선녀의 모습이 저절로 들어오곤 했다.

그 중매쟁이의 말에 의하면 처음 중매를 하여 행복하게 살아가는 모습을 바라본 다음부터는 언제 어디서든지 참한 선남이나 선녀가 있다는 소문을 듣기라도 하면 중매를 하지 않고는 가만히 앉아 있을 수만 없었다고 한다. 선남 앞에서는 선녀의 좋은 점만을 골라 이야기해주고, 선녀 앞에서는 선남의 멋진 모습만을 이야기해 줌으로써 서로간의 관심을 이끌어 준 다음 스스로의 판단할 기회를 주어 결국 행복한 한 가정을 이루게 되는 걸 보면 그렇게 즐거울 수가 없다는 것이다. 중매쟁이로 보면 행복한 한 가정의 이룸은 분명 새로운 가정의 창조였으며, 그 창조에 따른 즐거움을 맛보면서 살아가고 있는 것이 중매쟁이의 삶이 분명하다.

그런 중매쟁이의 이야기를 들어서일까? 벌써 30여 년 전의 일이다. 내 또한 멋진 중매를 하고자 내가 근무하고 있는 직장의 멋진 선남을 골라 아내에게 말하였다. 그러자 아내가 근무하고 있는 곳에도 참한 선녀가 있다는 것이었다. 아내는 곧 내 속마음을 알아차리기라도 한 듯 선뜻 나의 뜻에 따랐다.

그래, 중매란 얼마나 아름다운 일인가? 전혀 낯선 선남과 선녀가 서로를 알고 난 후 참으로 행복한 가정을 이루게 한다면 그보다 좋은 일이 또 어디에 있겠는가? 이런 생각에 자못 홀로 만족하여 먼저 내 직장의 선남에게 말하였다. 그랬더니 예의 그 밝은 웃음으로 '고맙습니다!'라는 말과 함께 나의 뜻에 동조하여 주었다.

아내에게 어서 전화라도 하여 전해주고 싶은 마음을 억누르고는, 기다리던 퇴근 후에 아내의 사정을 들었다. 그랬더니 아내가 말한 선녀도 선뜻 응하였다고 한다. '그래, 이렇게 하여 중매가 이루어지고, 그렇게 함으로써 결혼하여 한 가정을 이루게 되는구나!' 무엇인가 묘한 흥미를 불러일으키기에 충분하였다.

며칠이 지난 오후 우리집에서 만나게 해주자는 아내는 바쁜 퇴근 시간을 할애하여 시장을 오고 갔다. 나름대로의 정성어린 음식 솜씨로 선남선녀의 첫 만남을 장식해 주기로 한 것이다.

그리하여 마침내 선남선녀의 소중한 만남의 시각에 이르게 되었다. 약속된 오후 조금의 차이를 두고 우리집에 와 달라는 시각에 맞추어 두 사람 다 정확한 시각을 지켜주었다. 약속 시각을 잘 지키는 것으로 보아 틀림없이 잘 되리라는 확신을 가져도 좋았다.

아내가 정성의 음식을 차리는 동안 난 그들과 함께 한 잔의 차를 마시며 담소를 나누다가 슬그머니 자리를 벗어났다. 그리고 아내에게 귓속말로 두 사람의 표정을 보니 참 잘 될 것 같다고 말하며 웃음을 흘렸다. 무슨 일인지 조금은 흥분이 되기도 하였다. 그런 나의 모습이 우스웠던지 아내는 또한 빙그레 웃음을 남겼다. 잘 될 것 같다는 나의 말에 아내도 조금은 기쁜 모양이었다. 중매 또한 이렇게 되는 것이고, 결혼 또한 이렇게 하여 이루어지는 것이로구나! 중매가 아닌 결혼으로 별 탈 없이 한 가정을 이루며 살아가고 있는 아내와 나는 '묘한 기쁨의 출렁임'속에서 선남선녀와 더불어 저녁 식사까지도 모두 마치게 하였다. 그리고 마음속으로 잘 이루어지게 되기를 기원하며 저녁의 어둠을 맞았다.

그러나 아내와 나의 '묘한 기쁨의 출렁임'은 그것으로 끝나고 말았다. 도대체 무슨 까닭일까? 잘 되리라는 기대가 완전히 무너져 내리고 만 것이다. 무어라 설명할 수 없는 이유가 있었던 모양이지만, 나로서는 도대체 이해가 되지 않았다. 그렇게 나의 첫 중매인의 역할은 실패로 끝나고 말았다.

그날 이후 난 중매인이 되기가 얼마나 어려운 일인가를 스스로 깨닫게 되었다. 그러나 여전히 한 번 만이라도 중매를 하고 싶다는 심정으로 살아가면서도 좀처럼 뜻을 이루지 못하고 있다. 마음속으로만 끊임없는 중매로 행복한 가정을 이루며 살아가고 있는 선남선녀를 그려보는 것이다.

긴 어둠을 지나 아침으로 두 눈을 뜨고 나면, 아니 의식이 살아 있는 한 두 눈 안에 가득 들어와 깊이 자리하고 있는 사물과 사물, 그리고 사물이 가지고 있는 수많은 이미지의 언어와 언어들. 그러나 그들은 언제나 하나의 개체요 언어로서 존재할 뿐 제 각각의 사물과 제 각각의 언어가 하나를 이루어내지 못하고 있다. 그야말로 무질서의 세계를 이루고 있다. 질서란 바로 서로 다른 객체나 언어가 조화를 이루고 있음이 아닌가. 객체화된 사물과 언어로부터 완전을 꿈꾸다 보면 결국에는 불완전이요, 온당穩當을 모색하다 보면 여전히 불온당不穩當이다.

한 편의 시는 사물에 가치를 부여함으로써 사물과 사물 사이의 간극을 조화로운 질서로 창조해주는 일이다. 또한 시는 낯선 언어가 총화를 이루어 사상의 신성함을 밝혀줌으로써 나타나는 새로운 이미지이다. 그러므로 시는 질서 창조로 이루어지는 새로운 이미지라 말할 수 있는 것이다.

그럼에도 불구하고 나의 시 속에서는 나의 시 속에서 사물과 사물이 간극을 해소하지 못한 채로 제 각각으로 흩어지고, 언어와 언어가 사상의 신성함을 밝혀내지 못하고 있다. 제 각각으로 외면하고 있으니 이를 어이할 것인가? 일찍이 M. 홉킨스는 <언어는 사상의 그림이며 사본이다>라 말하고 있다. 내 마음 속의 언어로 내 눈에 들어오는 사물을 통한 사상을 어떻게 그려낼 것이며, 어떻게 장식하여 엮어놓을 것인가? 하루에도 수도 없이 다가서는 선남선녀로서의 사물과 언어들! 전혀 제 각각으로 인연因緣되지 못하는 것들을 어떻게 중매仲媒로써 인연화因緣化하여 하나의 완전하고 온당하고 행복한 한 가정처럼 한 편의 시작품을 이루어낼 수 있을까. 그것이 한 시인으로서 나아갈 사명의 길이요, 실패하는 중매인으로서 고쳐 나아갈 길이 될 것이다. 여전히 떠오르는 사물과 언어들을 일일이 챙겨나가면서 <시는 필연적인 것같이 보이는 것이어야 한다>는 W. B. 예이츠의 말을 떠올린다. 그리고 <시는 언제나 우리의 삶을 새로 출발하도록 고무하며, 그 삶의 근원으로 되돌아가게 할 것이다>라는 시인 박두진 선생님의 말씀을 오버랩으로 만나기도 한다.

❹ '끈'을 생각하며

우리에게 위험을 인식하면서 살아가는 하루란 없다. 그러나 생명을 가진 자로서 위험에서 벗어나 안전만을 가질 수 없다. 완전한 자유를 꿈꾸며 허공을 날던 나비 한 마리 앞에 걸쳐 놓인 거미줄처럼, 언제 어디서 우리의 생명을 위협하며 무엇이 다가올지 모른다. 다만 우리가 알게 모르게 순간순간의 시간이 끊임없이 흘러가는 동안 생명은 소리 없이 이어져 가고 있을 뿐이다.

본래 어머니로부터 영양을 부여받아 마침내 하나의 생명을 생명체로서 존재할 수 있도록 우리의 생명을 탄생시켜준 것은 '탯줄'이라는 질긴 '끈'이다. 그 '끈'의 힘으로 온갖 혼탁한 세상 속에서도 우리는 우리의 생명을 지킬 수 있으며, 그 '끈'이 자라나 '혈연血緣'이라는 깊은 인연 속에서 살아나간다. 그것은 마치 운명과도 같아서 어느 누구도 제 뜻대로 바꿀 수 없는 것이기도 하다. 그러기 때문에 우리가 가지는 하나의 생명은 '끈'에 모든 걸 맡기면서도 결코 '끈'에 관여하지 못한 채로 살아가고 있는 것이 아닐까?

그럼에도 불구하고 우리는 '끈' 속에서 여전히 살아간다. 그리고 우리는 자신의 '끈'을 자기 자신이 만들어가면서 살아가려는 노력을 게을리 하지 않는다. 이런 의미에서 시와 맺어진 나의 질긴 '끈'을 일생으로 가지고 살아간다는 것이 그렇게 자랑스러울 수 없다.

뿐만 아니라 '끈'은 나와 나를 둘러싸 있는 모든 물상들과의 인연을 맺어준다. 나는 홀로 존재하는 것이 아니며, 물상 또한 홀로 존재하는 것이 아니다. 나는 인연이 있음으로써 존재하며, 물상은 내가 인식함으로써 존재한다. 그러하거니와 나와 물상은 필연적인 인연을 맺고 있다.

한 편의 시는 인연이라는 질긴 '끈'으로부터 탄생한다. 물상과의 만남에서 '물상'을 가만히 들여다보면 그 물상 속에는 분명히 나 아닌 또 다른 내가 존재하고 있다. 나는 물상 속에 존재하고 있는 또 다른 나를 만나는 인연을 한 편의 시로 엮어내고 있음이 분명하다.

❺ 걸러내고 걸러내어

지구 위를 당당히 딛고 두 발로 꼿꼿하게 서 있는 나의 몸에서 무엇인가를 걸러내고 싶다. 걸러내고 걸러내어 텅 비워 놓고 다시 한 번, 천천히, 참으로 천천히, 무엇인가를 긁어 모아 조금 조금씩 채워 넣고 싶다. 하늘에서 내리는 비는 거대한 산에 내려서는 흙탕물로 흘러내리는가 싶더니 이내 사라진다. 거대한 산에 그렇게 스며들고 만다. 그리고 산의 푸르름을 더해주고는 자신의 몸을 걸러내고 걸러내어 마침내 티끌 하나도 없는 샘물로 퐁퐁 솟아난다. 다시 흐름을 시작한다.

그렇게 무엇인가에, 어디인가에, 어느 쯤에서인가에 스며들어 걸러내고 걸러내면 흐림도 맑아지는 것! 지금까지 내 모든 흐름을 송두리째 스며들게 하여 맑음으로 걸러내고 싶다. 걸러내며 하루하루를 살아가고 싶은데, 길은 멀고, 그 무엇도 없고, 그리고 무엇보다도 그렇게 스며들 여유로운 시간이 없다.

그러나 늦었지만 자꾸만 나의 모든 것을 걸러내고, 또 걸러내고 싶은 요즈음이다. 걸러낸 그 무엇으로 나의 온몸에 가득 채우고 싶기만 하다.

❻ 침전沈澱을 계속하며

옛 문인文人들의 대표적인 취미로는 금기서화琴棋書畵를 꼽았다. 거문고와 바둑과 글씨 및 그림을 말한다. 문인을 어찌 글을 쓰는 사람만을 일컬을 수 있으랴만 시를 쓰는 한 사람으로서 옛 문인들의 취미에 흉내조차 내지 못하고 있는 나 자신을 묵묵히 바라보고 있노라면, 참으로 한심하기 짝이 없다. 아니 시조차 제대로 한 편 쓰지 못하고 그저 시라는 형식을 빌어 흉내 내기에 열중하고 있으니, 몰려오는 자괴지심自愧之心 앞에서 스스로 고개를 숙이며 살아갈 일이다.

그러나 굳이 그렇게만 살아갈 필요는 없다. 비록 시라는 형식을 빌어 흉내 내기에 열중하고 있다 하더라도 그런 시인으로서 나름대로 살아갈 시의 길은 있다.

갓 문단에 나온 어느 날, 시 쓰는 선후배들이 모여 앉아 담소를 나누는 자리에서였다. 시단 초출인 나에게는 기라성 같은 선배들의 앞이었으니 어찌 말 한 마디 제대로 할 수 있을까 싶어 한 쪽에 앉아 그저 선배들의 입술에만 신경을 쓰고 있었다. 술잔이 몇 순배 돌고 돌아 어느 정도 취기가 오르자, 언제나 굵직한 입담과 걸쭉한 언어구사로 좀처럼 굽힐 줄 모르는 중견 시인(지금에는 원로시인이 되셨지만) 한 분이 갑자기 큰 소리로 외쳤다.

"사실말이지, 내가 어디 시인인가? 그냥 시를 쓰는 시늉을 하는 사람일 뿐이지!"

"…???"

저런 분이 왜 갑자기 그런 말씀이실까? 도저히 이해할 수 없었다. 그 모임의 자리에서 가장 높은 문단 경력이나 시적 위치에 있는 분이라서 나와는 전혀 비교도 안 되는 윗분이신데, 스스로 시인이 아니라고 저리 외쳐대시다니! 너무나 뜻밖이라서 그 자리에 참석한 후배 시인들은 서로 얼굴을 마주하며 다음 말을 기다렸다.

"이 세상에는 열심히 시 쓰는 시늉을 하는 사람이 너무 많아. 시가 무엇인지 모르면서 그냥 시를 써대는 시인이면 다 시인인가? 진정한 시인이란 몇 백년 만에 한 사람 나올까 말까 하는 게야. 그런 시인을 나 같은 사람은 기다리면서 시도詩道를 풍성하게 하여주는 역할을 하는 것이 아니겠는가?! 하늘이 그런 시인을 지상에 내려줄 때까지 기다리면서 나는 여전히 시늉인 시를 쓸 뿐이야."

좌석은 침묵이었다. 더더욱 신출내기 시인인 나로서는 그저 멍멍할 뿐이었다. 한창 시인이 되었다는 생각에 하늘과 맞먹으려는(?) 나의 큰 가슴은 바람 먹은 풍선의 입에서 바람이 빠져나가 듯 정신없이 주어진 공간을 헤매다가 그만 좌석의 한 쪽 구석에 처박혀 버리는 듯했다. 쭈글쭈글 자지러버린 가슴으로 좌중을 휘둘러보면서 난 깊은 생각에 잠겼다.

'저런 시인이 저러시는 데 하물며 나는 무엇이란 말인가?'

그로부터 40여 년이 흘러버렸다. 그러면서도 그 분의 이런 말씀은 무슨 금언처럼 나의 뇌리에 여전히 깊이깊이 가라앉아 있다는 것이 이따금 확인되곤 하였다. 마치 침전된 앙금을 확인하는 것처럼! 그러나 그 앙금은 내 마음에 맑은 물이 흐를 때에만 나타날 뿐, 흐리게 흐르는 시각에는 전혀 보이지도 아니했다. 아니 거의 매일 같이 살아가는 것이 흐림이라서 거의 보이지 않았다. 그러하거니와 어찌 시를 바로 찾아내서 생산할 수 있다는 말인가?

시의 길을 닦아냄은 마음부터 먼저 흐림이 없이 바르게 함에서 침전됨으로써 시작된다. 마음에 노여움을 가진다면 결코 어떠한 침전물을 얻어낼 수 없으니 흐릴 것이요, 두려움을 가진다면 이 또한 흐름으로 침전을 살려내지 못할 것이니 앙금을 바라볼 수 없을 것이다. 문득 모파상과 그의 스승인 플로베르의 가르침을 떠올린다.

19세기 프랑스의 사실주의 작가 모파상이 플로베르를 스승으로 모시고 글공부를 하였습니다. 그는 아무래도 자기의 표현력에 불만을 갖고 선생님께 그 표현의 비법을 물었습니다. 이때 플로베르는,

"매일 아침 자네 집 앞을 지나는 마차를 관찰하고 그대로 기록하게. 그것이 글쓰기의 가장 좋은 연습이네"

라고 대답하였습니다. 모파상이 그 말대로 이틀간 지켜보았으나 너무 단조롭고 아무 변화 없는 그 모습을 보고 플로베르를 찾아가 선생님의 지도가 잘못되었다고 지적하였습니다. 선생님은,

"관찰이야 말로 글쓰기의 훌륭한 연습인데 왜 쓸모없다 하는가? 자세히 살펴보게나, 개인 날에는 마차가 어떻게 가고, 비가 오는 날에는 어떤 모습인가, 또 오르막길에서는 어떠한가. 말몰이꾼의 표정도 비가 오는 날, 바람 부는 날, 또는 뙤약볕 아래서는 어떻게 변화하는가를 살펴보면 결코 단조로운 것이 아님을 알 것이네"

라고 답하였다 합니다. 자기의 잘못을 깨닫고 선생님의 교훈을 따른 모파상은 역사에 남을 명작을 남기게 되었습니다.

이 이야기는 물론 좋은 글을 쓰기 위해서는 관찰하는 눈을 가지고 사물을 보는 연습을 부지런히 해야 한다는 것을 알려주는 것이다. 그러나 이렇게 사물을 보는 연습을 하기까지에는 그러한 마음의 준비가 되어 있어야 한다. 사물을 보는 마음이 흐리다면 침전된 앙금을 볼 수 없는 것이요, 마음이 아무리 맑다 하여도 물이 또한 흐리다면 사물의 참모습을 바로 볼 수 없다. 그러하거니와 올바르게 침전된 앙금을 바라보는 마음과 앙금 위로 흐르는 물도 깨끗해야 한다.

의사들은 자기 손부터 깨끗이 하고 수술을 한다. 그리고 날카로운 눈으로 한 치의 실수도 없이 환자의 환부患部를 잘라내기 위하여 혼신의 힘을 다한다. 아름다운 여인은 거울 앞에 앉아 자신의 얼굴을 수없이 닦아내며, 맑고 싱싱한 새 얼굴을 만들어 낸다. 의사가 환자에서 환부를 깨끗한 손으로 제거하듯이, 시로 향한 마음의 눈으로 일상의 모든 흐림을 침전시킨 앙금을 바로 바라보는 데에서, 혹은 거울 앞에서 여인의 화장하는 마음을 모아 쉬임없이 침전함으로 낳은 앙금을 바라보는 데에서 시는 생산된다.

침전이란 자신의 몸에서 함께하는 모든 흐림을 아낌없이 버린다는 것이다. 마땅히 버려야 할 것을 버리지 못하는 안타까운 마음이라면 침전을 기대할 수 없으며, 더더구나 침전으로 가라앉은 단 한 가닥의 앙금도 바로 바라볼 수 없다.

그렇다면 마음으로 침전된 앙금을 바라볼 수 있기만 하다면, 과연 한 편의 시를 생산해낼 수 있는가? 다음의 일화는 P. 발레리의 「문학단상文學斷想」에 나오는 드가와 말라르메에 관한 일화이다.

드가는 시작詩作이 순조롭지 않거나, 시의 여신이 그를 저버렸거나, 그가 시의 여신을 잊고 있어 시상詩想이 떠오르지 않을 때면 여러 예술가들에게 달려가 불평도 털어놓고, 조언도 구하곤 했다. 그는 때로는 에레디아에게, 때로는 스테판 말라르메에게 달려갔다. 그는 자기의 고통을, 갈망을, 마침내는 자기의 무능력을 늘어놓으며 이렇게 말하는 것이었다.

'난 온종일 이 빌어먹을 소네트를 쓰느라고 애를 썼소. 난 이 시를 써 보려고 그림도 제쳐놓고 완전히 하루를 바쳤단 말이오. 그런데도 내가 바라던 것을 쓸 수가 없었소. 이젠 머리가 다 지끈거리오.'

한번은 그런 얘기를 말라르메에게 하고 난 후에 마침내 이런 호소까지 털어놓았다.

'난 왜 내가 짧은 시 한 편을 완성할 수 없는지 알 수가 없소. 이렇게 많은 생각들이 넘칠 듯이 있는데도 말이오.'

이 말에 말라르메는 이렇게 대답했다.

'하지만 드가, 시를 짓는 것은 생각들을 가지고 하는 게 아니오. 시는 말들을 가지고 만드는 것이오.'

침전하여 깊이 가라앉은 앙금을 바로 본다고 하여 곧 시를 생산해낼 수는 없다. M.하이데커가 〈시는 몸을 언어의 세계에 두고, 언어를 소재로 하여 창조된다〉고 한 말이 떠오른다. 앙금을 바로 보며 어떻게 언어를 빌어 한 편의 시를 빚어낼 것인가?

한 편의 시는 내 안에 있으나 나의 밖에서 존재하고, 시는 아무데에서 찾아지고 있으나 아무 데에서나 찾아지지 않음은 물론, 아무 곳에서나 곧잘 싹을 틔울 준비에 열중하고 있지만 아무 곳에서나 잘 자라나지 않고 쉽게 사라져 버린다. 부지런히 침전을 계속하여 앙금을 만들고, 그 앙금을 바로 보면서 언어를 빌어 한 편의 시를 빚어내는 연습을 할 일이다. 그 연습이 다만 시늉만 내는 시작업의 결과로 기형적인 형식의 시 한 편으로 태어난다 하더라도 좋다. 금기서화琴棋書畵에 접근조차 하지 못한 채로 오직 나는 나 홀로 시의 무변無邊한 광야에 서서 백년 만에 한 명 나올 듯 말 듯한 참다운 하늘의 시인을 만나기 위한 기다림과 함께 앙금을 위한 침전沈澱을 계속할 뿐이다.